听别人说，结了婚还能一起混的才是真朋友。
谢谢你，这些信我送错了人，但这些年我并不孤单。

整条街上都在唱着小情歌：
“你知道，就算大雨让这座城市颠倒，我会给你怀抱……”

夜已深，
还有什么人，让你这样，醒着数伤痕。

许多人来来去去，相聚又别离。
也有人匆匆逃离，这一个人的北京。

你心痛的，你惦记的，你怀念的，
你想说不敢说的，你独自矫情的，
你不能和外人说，因为别人也不会懂你为何在现在有男友在侧，
还去怀念一个旧人。

遗憾并不可怕，只要你无怨无悔。
或许不能彼此拥有，但有时爱美在无法永恒。

打败爱情的或许不是细节，而是永远十全十美的幻觉。

有些人，就愿意做你脚下的泥，
包围你，温暖你，侵蚀你，让你扎根，再离不开。

喜欢你是我做过
最好的事

咸贵人 著

江苏凤凰文艺出版社
JIANGSU PHOENIX LITERATURE AND
ART PUBLISHING

果麦文化 出品

C O N T E N T S

不再让你孤单

听别人说，结了婚还能一起混的才是真朋友。谢谢你，这些信我送错了人，但这些年我并不孤单。

完了，迟到了。一睁眼九点了，我抓起桌上的杯子从凉水管直接接了一杯灌进肚里，早上一杯水清肠防止便秘，大钟教的。对了，今天大钟结婚。5 月 20 日，真是好日子。扎堆儿一样，酒店都要贵几倍，但人说了，结婚这事儿，马虎不得。我抓起桌上的红包朝他家奔去。

到的时候婚车已经准备出发了。我连连道歉，大钟穿得人模狗样，拍着我的脑门儿对我嚷嚷，说还好没让我当伴娘，否则坏了他的人生大事儿。呵呵，我说你滚吧，我当伴娘这么漂亮，不得把你亲媳妇气死。大钟来不及回嘴就被三姑六婆抓走了。太惨，从此以后又多了一批人问东问西，我朝他摇了摇头，大钟给了我一个中指。我摸摸怀里厚厚的红包，寻思着要么不给了，反正他也不会问我要，想想不行，有点缺德，还是换成一堆报纸吧。

大钟是我的发小，初中的时候我突飞猛进地长到了一米七五，从此酷到没朋友。和我称兄道弟的他直到高中才勉勉强强长到一米七八，并停滞于此，至今未变。所以有很长一段时间，一直都是我罩他。

大钟高中开始早恋，单恋。对方是文科班的班花，也是校花。校花谁不喜欢，我也喜欢。校花偏偏和我关系好，因此大钟对我十分感激，认为自己近水楼台先得月。可惜水杉那时候从没拿正眼瞧过他。谁让他学习那么差。哦，我也差。

水杉是校花，众星捧月的物种。那时候流行写信，每天自习我都陪着大钟写情书，直男脑子不行，写出来的句子不是肉麻到让人作呕，就是根本不知所云。所以这事儿自然交给了我，大钟就负责跑腿儿给我买零食。那个夏天真是幸福，全世界的冰激凌不论五毛还是天价，我都吃了个遍。吃完写完，大钟再抄写一遍，第二天我放到水杉抽屉里的信海中。人家收了，不知看没看，反正从没回。

哎，你傻站那干吗！赶紧上车接新娘！都几点了来不及了！大钟朝我喊叫几句，我猫腰钻进了他的迎亲大队伍里。抬头看到了车上挂的香水瓶，味道真是庸俗，一股子的甜腻，就像兜头泼了一盆花瓣浓缩精。

高中的时候喜欢一个人，就跟这香水一样浓墨重彩，觉得天崩地裂时可以为她做任何事情。大钟也是，他见缝插针，水杉渴了就光速去买饮料，冷了就立马脱外套，热了就跟学校申请要买空调，因主张奢华带坏风气差点被叫了家长。

那时候水杉一心考北大，我心想这瞎了，大钟复读一百遍也考不上。

车子向前行，走走停停，竟然堵在了三环上。大钟坐在头车里给我打电话，说全怪我迟到，万一破坏了他的终身幸福跟我没完。我说你跟我说个屁，谁让你等我，没有我新娘子娶不到了？他说你这不是废话么，不是说好要做彼此一辈子的天使吗？我直接挂了。有病。

高三那年水杉成绩一路领先，全校师生都看好她。没人认为她考不上北大。大钟就蔫了，明恋三年，殷勤献尽，啥用没有。离高考还有一个月，我们三人行，水杉一眼都不看我俩，一路高冷默念英语作文，走到车棚发现自行车座上被人用马克笔写了三个大字："考不上"。

我们面面相觑了几分钟，大钟走上去用手把三个字抹掉。抹了好几次，终于抹掉了。水杉看了一眼，推着车子走了。

第二天，又出现了。依旧是三个字："考不上"。红色的马克笔写在灰色的车座上格外明显。大钟没吭声，上去依旧抹掉。

第三天，又是。

第四天，重复。

第五天开始，大钟干脆不上晚自习了，蹲在车棚等着。实在饿得不行，去小卖部买了一包辣条，果不其然，一回来，就出现了三个字。考不上。

大钟气疯了，跑回教室嚷嚷着要搜每个人的身，查一下谁包里有笔就知道！我说他幼稚，谁杀完人还把刀放包里等着他。今天算了，明天继续蹲守吧。大钟怒气冲冲抹掉了字，结果放学的晚上，又出现在了车座上。

三天后的市一模，水杉考砸了，直接跌出了年级前十，市前一百都没进去。大钟莫名其妙因祸得福，居然考了个第九。

揭榜那天，“考不上”三个大字依旧神出鬼没。水杉崩溃了，第一次看见她哭。校花连哭的时候都那么动人，楚楚可怜，让人一时看呆，不知如何安慰。大钟默默走过去，一脚踹倒了水杉的车，说，这车不要了，从今天起，我送你。

大钟把自行车直接停在教室最后一排，紧挨着巨幅高考倒计时，跟班主任说自己得了强迫症，总幻想丢车，看不见车子做不了题，后来班头看着多辆车子也无所谓，就默许了。

从此以后，三人行变成了两辆车。大钟春风得意像回到了上世纪 90 年代，骑着自己的大二八就能演《甜蜜蜜》。我骂他傻，把人家送进北大自己也考不上。大钟说无所谓，他不上北大，随便北京哪个学校都行，老骥伏枥，志在千里。

迎亲队伍磨磨唧唧开到了，一系列繁杂又弱智的规矩，折腾一番，大钟公主抱着新娘从楼里走出来，后面跟着庞大的伴娘团，好不娇傲。大钟喜气洋洋，一脸中了六合彩的模样，幸福得叫人想骂街。

哦，那年最后，水杉没考上北大，我们一起进了北京 × 院，依旧是铿锵三人行。

不出意外地，大二的时候他俩牵了手。大钟约我出去喝酒，喝完了打台球，他赢了，买单的时候突然抱住我，妈的我吓傻了，他说兄弟谢谢你，我结婚一定请你当伴郎！哦，伴娘！

到酒店交了份子钱，婚宴就算开始了。一样俗套得无以复加，简直就是胡说八道，虚假煽情，无中生有，一个人和一只狗都能被这司仪说成天作之合。

我入座了亲友团，看到了水杉，俨然贵妇范儿。

是的，大钟娶的不是水杉。他们临毕业分手了。大钟凌晨喝醉哭倒在马路中央，狂唱《半岛铁盒》："为什么这样子，你看着我说你已经决定……"我说你醒醒，因为水杉现在的男朋友开法拉利。他说姓法的都不是好东西，跟法西斯一模一样。

其实也不全是水杉的错。大四课少了，我和大钟开始凑桌打网游，耽误了他和水杉一起泡图书馆的时间，但饭还是大钟每天按时帮她打好，我提到她宿舍的，因为水杉讨厌食堂人多拥挤油烟味满满。可女人最怕冷落，一丁点都不行，红杏为什么出墙，还不是墙那边阳光更多更温暖。

那个时候我俩打游戏到废寝忘食，争斗心太强，霸服那天大钟简直乐疯了，截了图发给水杉看，才发现水杉怎么不上QQ了，跑去宿舍找她得知她出去约会了。

大钟像当年蹲在车棚等待作恶者一样蹲在女生宿舍楼下一下午，看见水杉从富二代车上下来，彬彬有礼，觉得自己可能误会了。

我拍拍他的肩，说没误会。你看那富二代的眼睛里，写满了暧昧。大钟说去去去，那是老子的女朋友。说完“嗖”就冲了上去。男人啊，不在青春里打过架，怎能算爱过。富二代没还手，结结实实挨了一顿揍，捂着肚子猫着腰站在车旁。水杉上来“啪”地一巴掌，当然打在大钟脸上。从此四年单恋，两年相处正式掰面儿。

事情简单得不用复述。富二代细心体贴开法拉利，大钟穷酸屌丝只能按时去食堂买饭，还动手打人，该扇。被一巴掌扇醒，我俩发誓从此远离网游，再也不沾。他婚前一周我心血来潮去登录，发现号都空了，早就有人继续霸服，新的等级又被拓宽，是无论怎样努力都回不去的辉煌时代了。

新郎新娘喝交杯酒了。水杉凑过来问我，还是一个人?

我含糊不清地“嗯”了一声，真是不敢承认，最后落下的人，果然是我。水杉说大钟好福气，新娘漂亮能干，还是北大毕业的。

我又含糊不清地“嗯”了一声。

毕业以后的时光太快了，三个人各奔东西，联系渐渐少了。大钟升职了，我俩出来喝顿酒，聊聊理想。大钟心动了，我俩出来密谋一场暗恋，说说爱情。大钟无聊了，我俩出来唱几首歌，吹吹房价。大钟失恋了，我俩坐在财富中心楼下的台阶上抽烟，我跟他说青春苦短女友勤换。他说我只会说心灵鸡汤。大钟想水杉了，我俩出来回忆回忆青春，我说一切都会过去，往事莫追，他说我还是只会讲心灵鸡汤。后来听说富二代和水杉掰了，大钟问我送什么能安抚一个女人受伤的心。我说玫瑰吧，送玫瑰总是没错的。大钟说不了，不是要追回，只是作为朋友的安抚。我说那包吧，越贵越好。我挑了一个当季新款，发给大钟链接的同时也发给了我那时候的男朋友。大钟咬咬牙，真买了，还问我借了几千块钱，我那男朋友直接装没看见。

新郎新娘来敬酒，我特意没穿高跟鞋，大钟第一次伸手揉了揉我头发，说谢谢兄弟，给我包那么大一红包！我翻白眼，他说等你结婚，我给你包双倍！我说行吧，反正你嘴里吐不出象牙。

我坐下继续喝，和水杉两人边回忆从前边举杯，简直就是粗陋的电影桥段。酒过三巡，两人都伴着音乐红了眼眶，水杉说这婚礼太煽情了，我说是啊是啊。水杉说其实大钟是个好人，还给我买包。我说是啊是啊，都没人给我买。水杉说其实我也能上北大，还不是你们两个智障学习太差，车座后面的“考不上”是我自己写的啊，我说是啊是啊，是啥？！

水杉说她压力太大了，全世界都觉得她能考北大，其实她想和大钟好，那年大钟的每封信后面都写着我不再让你孤单，有了他以后她真的不孤单了，她就是想给自己找个借口，自行车后座比法拉利踏实，摔了不怕疼。我傻了，问她那为啥红杏出墙就去坐法拉利了。她说不是出墙，是自卫。我笑着哈哈哈，说自慰是靠自己不是其他男人。她居然没生气，跟我说，法拉利不是纯富二代。我说那是混血？她说滚，真是她叔叔的侄子，她叔叔不是她亲叔叔，是她爸围墙里的领导，她爸扭转一生鸡肋副职就靠这个叔叔。她叔叔要两人相处看看，她已经找准了机会婉拒了，结果被大钟冲上来搅和了，她不上去来一巴掌，那她爸这辈子就要当鸡肋了。我说这真够惊心动魄的啊，你演《甄嬛传》呢。水杉又喝了一杯，劝我也喝了一杯，然后一字一顿地说：“我，不，再，让，你，孤，单。这七个字，其实是你写给大钟的吧。”

我可能是喝多了，一下站起来，早上到现在啥也没吃，有点低血糖，两眼发黑，又坐了回去。

那信都是我写的啊，我怎么会不知道。

我说这七个字最能打动女孩儿，你就照抄像我这样写，总有一天水杉会被你写软了。我说你知道一个人在世界上有多孤单吗？什么情啊爱啊都是扯淡，爱是什么？是陪伴啊，你不让她孤单就是陪着她，就是守候她。我说是个人都怕孤单，你不让她孤单，就是最好的诠释方法。人为什么需要理解需要感同身受需要包容需要体贴，就是怕孤单。我说反正你这么写，就对了。

路遥远，我们一起走。

大钟和新娘又换了一套礼服，他一米七八，我一米七五。我站起来几乎与他平视，他牵着新娘的手奔走在宴席之间，我站在和他相隔的几桌之外，泪流满面。

路遥远，我陪着你走，走到终点，你牵着别人的手继续走，不回头。

我功成身退。

水杉喝多了，站起来准备退席。我说我们一起走吧，你带我一段，送我回家，我可能需要睡一场，好久没起来这么早了。

坐上车，水杉说，你这场暗恋瞒得还真是海枯石烂。我说你别废话，长得漂亮的女人就是会骗人，原来你他妈都知道。

水杉说：“我不知道，这都是大钟告诉我的。”我扭头，水杉按了车载音箱，这首煽情的歌开始唱，“我不再让你孤单，一起走到地老天荒”。

地老天荒了，你跟谁地老天荒去了。

水杉说大钟送包的时候他们见了一面。大钟说为了安慰你，送你一个贵礼物，但我想换回我给你的所有信。水杉说扔了。大钟说我知道你没有。水杉问为什么，我们是否可以重新开始。大钟说不行了，因为那些信都是她写的（她是指我），这包也是她借给我钱买的。那年在车棚等那个偷写贼，她一直帮我盯着，都看见了，是你自己写的，她跟我说这是你故意给我的机会，我把自行车搬进教室也是她给我出的主意，老师是她去搞定的，考大学时她偷看了你的志愿书，你难道不知道？

哦，后来的事情我都知道了。大钟拿着我的钱买了包以后我就彻底绝望了，回头去谈我不咸不淡的恋爱，最后理所应当地无疾而终。大钟在那个时候认识了现在的新娘，他们今天结婚了。

我也喝得有点多，打开车门吐了一地，什么也没吃，红酒喝进去又吐出来，居然还是红色的。水杉说你下车自己打车吧，我也打车，喝多了开什么车，不想活了吧，我可不想孤孤单单去死。我下车好不容易站稳，朝酒店望去，依然热闹，大钟穿梭在人群中，看不清楚。水杉打开后备厢，说有个东西大钟让我转交给你。

我拿着一个箱子，颤颤巍巍上了出租车。在车上我酒醒了大半，坐在后座拆箱子，打开以后看到了那个包。包里装着那些年大钟写给水杉的信，一整摞，用一个封条缠着，封条上面是大钟歪七扭八的字迹。

“听别人说，结了婚还能一起混的才是真朋友。谢谢你，这些信我送错了人，但这些年我并不孤单。”

虎口脱险

我们都爱给人生做这么一个假定，谁能懂我，谁就是我要找的那个人。就像紫霞的紫青宝剑被至尊宝拔出的那一刻，她爱了。可要是至尊宝没拔出来，她也是会爱的，这是个相对命题，因为她爱了，所以紫青宝剑出鞘了。

老陈家有一幅神秘莫测的画像，是蒙娜丽莎的微笑。据说是他当年斥巨资从法国背回来的，高仿赝品。他把那幅画挂在玄关一进门的地方，搞得我们每次去他家聚会，一开门，就看到一个女人端着范儿在门口迎接你。哥儿几个可没少损他，说他有毛病，又不是搞艺术的，挂这玩意儿正襟危坐在这位置干吗使，他总是不置可否地一笑，说镇宅。久而久之大家也习惯了，每回进门都先跟蒙娜丽莎打声招呼。

我和老陈认识六年，老陈大款，三十多了，有房有车，恋爱长跑十年，女友温柔体贴，大方懂事，我们都管她叫嫂子。据说好事将近，简直就是人生赢家，哥儿几个的奋斗楷模。

五月的一天我失恋了，晴天霹雳毫无预兆，躲在老陈家狂喝一箱啤酒大哭大闹，喝完丢下一堆烂摊子走了。老陈把我送回家，第二天我醒来，床头有一杯水，包和鞋妥妥帖帖放在门口，水杯上粘着一张字条，老陈写："清醒点，随便演演算了。"妈的，谁演了，我是真难过。

一个月后我依然没走出失恋的阴影，哥儿几个在老陈家看世界杯，随便喝了几口我就醉了。我他妈一个女流之辈，哪能看得懂世界杯，纯粹就着热闹逮住机会祭奠一下我死去的爱情。德国赢的时候大家都疯了，站起来欢呼，我借着酒劲在老陈家上蹿下跳，真喝多了，一不小心，把蒙娜丽莎撞掉了，自己磕到玄关的柜子上，"砰"一声和女神一起坠落在地。

那画儿掉下来的时候，一张照片从画儿背后飘出来，悠悠地落在了我的面前。我喝多眼晕，隐隐约约看见是年少时的老陈搂着一个姑娘，那姑娘谁啊，看起来真不像嫂子，我拧着脖子去端详，一把被老陈从地上捞起来，哦，捞的画和照片，不是我。我挣扎了半天，好不容易从躺的姿势坐起来，吱吱呀呀问老陈："那是谁啊，怎么不像嫂子啊？"老陈回头瞪我一眼，我感觉自己好像说错了话，嫂子走过来把我扶起来，说："怎么喝得这么多啊，你不是买的葡萄牙赢吗？输钱还这么高兴。"

我去，我买的不是德国啊！我为了赌他们输居然买了葡萄牙！我的 C 罗啊！酒醒了大半，失恋的痛被破财的心碎完全撞飞。

球赛比完后大家陆陆续续都回去了，我由于家住得远，老陈也喝了酒没法开车，就在他家睡一晚，反正也没几个小时了。我来来回回睡不着，起床去客厅接杯水喝，水刚倒了一半，回头差点被老陈吓死。他一个人坐在沙发上一声不吭，只有烟头明明灭灭，跟我嘘了一声，我勉强吞回了嗓子眼里的尖叫。

两人幽幽地坐在客厅，谁都没说话，我顺手把刚才没喝完的啤酒喝了，眼圈一红，想起我又失恋又破财，简直悲从中来。夜晚太深，在人生赢家光辉的照耀下，觉得自己像极了一个 low b。

“求你了，你够了，又来了，你是祥林嫂吗？”

老陈这人就这样，从来不说话安慰你，打心底认为伤口就是要撒盐才能恢复得更快。这不行啊，我一个大龄未婚被甩女青年，你给我撒一把盐，我可能真就变成了尘土灰飞烟灭了。

“你懂个屁，你潇潇洒洒，滋滋润润，生活甜美，当然能高高在上来嘲笑我们这些情路坎坷的人。”

“给你看看。”

老陈扔过来一张照片，我一看，嘿，不是蒙娜丽莎微笑背后的秘密么，借着落地窗外的月光，我仔细一看，这姑娘漂亮端庄，但，确实不是嫂子。

我的注意力瞬间被照片转移，忘了自己已然被抛弃的事实，说了三个字：“说说吧。”

老陈狠狠抽了一口烟，说，她叫笑笑。嘿，真是从画儿里走出来的人，名字都这么有故事。老陈认识她的时候和嫂子正在开始谈婚论嫁，那年老陈还是一个苦哈哈的设计师，笑笑是美术学院的学生，两人在一个画展上四目相对，电光石火。

怦然心动是什么感觉？老陈说，就是一把被火烧红了的烙铁，眼看着要印到你身上了，炽热已经在你肌肤旁跳动，你害怕极了，但你无法拒绝，只因烙铁的形状，是她的名字。

相遇那天什么都不用说，只要你看着我的眼睛，我就能读懂你的心。

开始并未挑明，老陈也学过画画，于是和笑笑以交流艺术的名义相处，笑笑正处于创作的瓶颈，每幅画都有样没神，老陈胡说一通，居然句句都在点子上，很快，笑笑因画得好，拿到了出国留学的资格。

谁都没说破，但谁都知道。笑笑的男朋友就在法国，两人异国恋已久，老陈知道。老陈正在谈婚论嫁，笑笑也知道。哦，那时候老陈还不老，也不叫老陈，有一个正儿八经的名字，陈烈。

陈烈巨蟹，笑笑白羊。白羊多情冲动，巨蟹优柔寡断。但两人都压着，勉强维持表面的和平。笑笑发一张半稿到微博，老陈就画一个该补充的另半稿，笑笑看到也不回复，就是笑笑。

很快笑笑出国的手续就办好了，本来无疾而终的一段感情，连暧昧都谈不上，一切顺利，就此分别。没有什么恍然大悟追到机场的烂桥段，飞机起飞的时候老陈正在公司赶设计稿，抬头看看表，哦，飞了。

第二天起床醒来，微博提示二十多个赞，吓一跳，一打开，全是笑笑一个人点的，点的都是那些另外半张稿。老陈哆嗦了一下，但回头看看身边熟睡的女友，一声不吭抽了根烟，风平浪静地去上班。

就这么挨了一年，按理说也就忘了。可有一天，笑笑突然又发了一张半稿，是一个女人穿着婚纱流着眼泪的脸，没有嘴，老陈看到这条微博的时候，就订了去法国的机票。

那个时候老陈还是陈烈，烈如酒，谁都管不住他。

老陈不知道笑笑住哪儿，在机场给她发私信，只有一串航班号，只字未提，下飞机就看到笑笑站在接机口。没有想象中的欢喜和拥抱，笑笑退后三步，畏惧地说，你别靠近，离我一米以外，一米之内的距离会让我们的行为和脑子全部失控，我来接你并不代表什么，只是怕你无处可去，我们都有不错的另一半，你知道的。

老陈点点头，笑笑塞给了他一张酒店的名片，转身逃似的跑了。

我问老陈，你后悔吗，你千里迢迢那么远，她就这么跑了？

他说你别急，听我说。

老陈并没有去酒店，自己也想不通自己在干什么。嫂子打来电话也没敢接，不知道怎么解释，在机场就这么傻坐了五个小时，站起来腿有点麻，正准备直接去订一张回去的机票，转身就和笑笑撞了个满怀。

笑笑满脸泪水，伸手就抱住了他。两人谁都没说话，手牵手走出了机场。

老陈在法国逗留了一个星期，回来背着一张蒙娜丽莎的画像，跟嫂子说心情太差出去玩玩，嫂子说，好，散心了回来就成。第二天就叮叮咣咣把画钉在了玄关门口。

那一个星期怎么了？我问老陈。老陈说还能怎么，吃喝嫖赌抽呗。我骂他没个正经。他说笑笑跟男朋友吵架，又背井离乡的，心情不好就画了那么一幅画，她以为我结婚了，那画上的她穿着新娘的礼服但没有嘴巴，意思是后悔那些年没说出的话。

“就一幅画，你居然能联想到那么远？为什么不是她结婚了？”

“她结婚了不会这么画，会画一只翱翔着的金丝雀，当然，我猜的。”

“你知道吗，这世界上就是有人能和你心电感应，你不说话，她也知道你在想什么。”老陈说这话的时候潇洒极了，掐灭了烟头，缓缓接下去，“但是遇见得太晚了。”

狗屁，什么晚，我就不信这个世界上有相遇恨晚这回事，不过就是不够喜欢罢了。

老陈又说，那一个星期他们在法国玩儿疯了，该去的地方都去了，但静下来的时候，问题就来了，笑笑喜欢闹，晚上爱去酒吧 high，老陈喜欢宅，就爱蹲在酒店抽烟看风景，笑笑不喜欢烟味却喜欢吃西餐，顿顿牛排都不烦，老陈吃了三天胃就消化不动了，笑笑想要浪漫，整晚开着窗户画月亮，老陈被冻感冒，第二天还要陪她去疯。老陈说，不行了，玩不动了。笑笑的手机就响了，男朋友用流利的英文跟笑笑在电话里道歉，笑笑哭了又笑，笑了又哭。

回头跟老陈说，我和他，四年了。

老陈说，我也是。

故事就这么不了了之了，那画儿挂在门口，从来没掉下来过，被我一撞，碎了。

我看着那里突然白出来的一片四方形，问老陈：“嫂子知道这事儿吗？”

老陈笑：“知道吧。”

“哦。”

哪个女人不敏感，自己同床共枕的男人干了什么不心知肚明。但嫂子没有拆穿。那张合影被老陈藏在画后面，嫂子应该也知道。我突然对嫂子肃然起敬。

“哎？我说不对啊，这照片的背景也不是法国啊，敢情你没事儿逗我玩儿吧？”我又仔细看了看，这背景分明是独特的中国建筑啊，虽然我没去过法国，但也能明显地看出来不对劲。

“我也没说是法国啊，这就是北京啊，”老陈拿过照片，低头的一眼间，居然全是温柔。我揉揉眼，觉得自己可能是看错了。他接着说：“后来笑笑又回来了，来找过我，说舍不得我，没人能看懂她的画，就想和我在一起。我又动摇了，我和你嫂子分手过一段时间，就是因为她。”

怪不得有段时间没看见嫂子。这个笑笑，真是妖孽啊。老陈又笑，说：“不是，这回她真的长大了，改了很多，不出门乱混了，早上起来也知道帮我做好早餐，收拾屋子，跟你嫂子现在一模一样。”

那，为什么？

因为我再也看不懂她的画了，她又开始画什么都有形无神，我不知道她想表达什么。有一天我下班，家里颜料堆了一地，她坐在地上哭，说她知道为什么了。

这群搞艺术的，把生活弄得这么复杂。

不是复杂。她心里装的人不是我了，我怎么能看懂她的画。

看对眼的两个人，总是拥有着一个共同的秘密。这样无论你说得多么隐晦，我都知道你在比喻什么。不过就是想念，委屈，包容，体谅，爱恋，舍不得，别走开。我们都爱给人生做这么一个假定，谁能懂我，谁就是我要找的那个人。就像紫霞的紫青宝剑被至尊宝拔出的那一刻，她爱了。可要是至尊宝没拔出来，她也是会爱的，这是个相对命题，因为她爱了，所以紫青宝剑出鞘了。

老陈说，笑笑离开的时候他们拥抱着照了这张照片，她说：

“庆幸我们，虎口脱险。”

老陈并没有觉得多伤心，却把照片偷偷藏在了画儿后面。边听歌边喝酒，“舍不得我们拥抱的照片，却又不想让自己看见，把它藏着，画框的后面。”说完醉倒在家三天，没出门，没吃东西，全公司都联系不上他，急疯了。嫂子用钥匙开了门，收拾好了东西，熬好了粥，一杯白水放在床头，贴着一张便条，写着：“清醒点，随便演演算了。”

爱你的每个瞬间，像飞驰而过的地铁。

我扑哧笑了出来。老陈拿打火机点着了那张照片，火苗一下子蹿上来，照片蜷缩着身体，上面他和笑笑的容颜很快滚烫，火热，又很快，消失在这夜幕之中，像从来都没出现过。

我怀疑我这是喝多了出现的幻觉。冲老陈眨眨眼，他呵呵一笑，说：“真的，你别为失恋难过，这是好事，总比他跟你结婚了再劈腿好吧，谁没失过恋啊，你都失过身，怕什么失恋，你应该庆幸，你虎口脱险了。”

我们人生中总是会有很多小插曲，但你应该心知肚明，主旋律到底是怎么写的，你看我现在，房子，车子，美人。老陈乐颠乐颠地坐在沙发上笑。

刚说完，嫂子端着一盘水果从屋里走出来，借着月光放在茶几上，说：“吃两口，醒酒提神，天快亮了。”说完转身又回了屋。

我问老陈：“你不遗憾吗？”

老陈说：“遗憾啊。可人生会有多少遗憾现在能算得出来吗？有些人就是你生命中的一阵风，吹过去了杨柳也会摆动，可始终无法将你连根拔起。因为她是风，她太想飞了，谁都留不住。可有些人，就愿意做你脚下的泥，包围你，温暖你，侵蚀你，让你扎根，再也离不开。我跟你嫂子婚期订了，那画我不要了，谢谢你把它撞翻，送你？”

“我不要，别人丢掉的东西我才不捡！好马不吃回头草！”老陈拍拍我的头：“说得好，世上野马千千万，不行你就轮番骑骑看。”我俩笑成一团，眼里居然都有泪花，东方鱼肚，天渐渐亮了。

小情歌

杨烨急了，不管那姑娘是不是钻进了后座，一屁股坐进了副驾驶。司机师傅以为他俩认识，问道："去哪儿啊？""东五环。""北五环。"两个不同的声线飘浮在小小的出租车中，一遇即炸。

2012年11月11日是杨烨人生中的第二十四个光棍节，同事买了一张苏打绿演唱会的门票，却因为在这天已经成功脱单而无处使用，一挥手慷慨地送给了他。他拿着这张票，去吧，对苏打绿毫无兴趣，不去吧，这么贵的内场票浪费了又可惜。左右踟蹰着，一拍腿还是去吧，不然一个人回到出租屋里孤零零地怪惨的，还没看过演唱会呢，他屁颠屁颠地想着，挤进了人堆里。

2012年11月11日是安琪期盼了大半年的日子，她几个月前就买好了票，等着和心中最喜欢的组合苏打绿一起过光棍节，她早就查好了路线，嚷嚷着苏打绿早就该大红大紫了，好声音选手唱了《小情歌》才不是他们红起来的原因呢。她下班回到家脱下高跟鞋换上学生装，踩着白得发亮的帆布鞋，绑起马尾，少女怀春似的，挤进了人堆。

杨烨并不喜欢苏打绿，一开场他就被身边震耳欲聋的尖叫声吓呆了，一瞬间他觉得自己仿佛置身精神病院，周遭还都是狂躁症患者，他左探探脚，右伸伸腿，往后不断回头，想挤出人群回家睡觉。刚往后一退，就一脚踩在了安琪的白色帆布鞋上。安琪瞪他一眼，顾不上抱怨，又大声尖叫起来，挥舞着手中的荧光棒，人群太过密集，差点挤到杨烨的脸上。后退无望，前进不得，杨烨死了心，呆呆站在人群之中。

好不容易熬到散场，唱的什么一句都没听清，甚至连主唱的性别都没搞清楚，杨烨灰头土脸地站在路边打车，二十分钟过去了，依旧没打着。眼看后半夜将至，他懊恼地点了根烟。俗语有云，点烟车必到，一辆车停在他面前，嗖一声，被旁边突然之间闪电而来的小姑娘截了糊。这都什么事儿啊。杨烨急了，不管那姑娘是不是钻进了后座，他一屁股坐进了副驾驶。司机师傅以为他俩认识，问道："去哪儿啊？""东五环。""北五环。"两个不同的声线飘浮在小小的出租车中，一遇即炸。

杨烨回过头去："这车我先打的。"姑娘抬起头："你一大男人懂不懂得谦让。"四目相对，嘿，认出来了，那个站我旁边的姑娘。安琪两眼冒火，那个踩了我新鞋的男人。

最后在安琪喋喋不休的指责下，杨烨妥协了，先送安琪回家。因为他觉得这姑娘应该是还没从演唱会的盛况下缓过劲儿来，扯着几乎哑掉的嗓子在车上一个劲儿叨叨叨说你踩脏了我的白鞋子，现在还要跟我抢车。杨烨实在懒得争论，当花钱学雷锋了。安琪下车十分钟，车后座上的手机响了起来，她手机落车上了。

北京特别大，杨烨形容的东五环其实就是通州。安琪形容的北五环干脆快到顺义了。每次打车直接报地名，师傅都犹犹豫豫不想去，只好说个折中的地点先开再说，这一点上，安琪和杨烨倒是有默契。

杨烨住东边，在 CBD 上班。安琪住北边，在中关村上班。两人直线距离大于十五公里，杨烨问安琪要了个地址，干脆把手机快递给了她，顺丰，到付。

安琪第二天人还没到公司，快递就送来了。Alice 拒收，说不收到付件。快递员给安琪打电话，电话装在快递里，怎么打得通。还好师傅准备离开时，恰巧安琪进了门。Alice 也不提醒，还是安琪看到快递师傅问了一句，才边签字边付了钱，心想这个男人还真够抠门的，一个快递都要到付，注定孤独一生。

Alice 凑过来悻悻地嘲讽："怎么男朋友寄个礼物还要到付啊？是有多穷？"安琪四下看看，同事们还没来几个，也毫不示弱，低声笑道："是啊，不像某些人，男友穷得就剩下钱了。"

Alice 是老板的小蜜，这事儿全公司只有安琪一个人知道。因为老板本来是想勾搭安琪的，还没勾搭上，就出现了一位比安琪胸大腿长的美女，自然转移了目标。安琪本来特别感谢 Alice 的出现，可没想到，Alice 把她当成了眼中钉，握着自己秘密的人，总让人想灭了她的口。

再遇见杨烨是在一个月后的项目会议上，公司和另一家公司共同服务一个客户，这次两家联手要做一个新的应用，满足客户边娱乐边互动又能宣传的趣味性需求，安琪的公司负责市场和宣传，杨烨的公司负责开发和维护。两人一坐到会议室，安琪一眼就认出了杨烨，但杨烨似乎已经忘了她。

开发新的应用并不容易，安琪阐述了很多当下年轻人最喜欢玩的小游戏，想把它们嵌入到客户的应用中去，杨烨只是冷冷地回答："你的很多要求技术开发做不到。"

"做不到？做不到要你们干吗使？"最后半句没敢说，硬生生吞了回去，"为什么做不到？"

"因为你说的交互从技术方面来说没有可实现性。你要求一键从A到B，其实这个跳转是要从A到C到D再到B，这样实现起来会不够连贯，建议做成这样。"杨烨拿着马克笔在白板上画了一幅图，把按钮的位置和操作步骤画了上去。安琪一看，这和她想的南辕北辙，完全不是一回事儿，这样做出来还有什么娱乐性，谁会愿意去玩，这些搞技术的都是猪脑子。"不不，这样体验太差了，怎么可能来回这么多步骤……"

第一次的两方会议不欢而散。其间Alice进来只是坐着旁听，一直低下头玩手机，偶尔出去给自己端杯咖啡，给杨烨端杯咖啡，独独不理安琪。安琪也不跟她一般见识，这个项目主要是他们两个人负责，派了个Alice根本就是添麻烦，安琪想到这儿头就大，在会议结束散场时，杨烨不知道哪根筋搭得不对，突然跳起来说："哎呀，我认出你来了，那天演唱会一起打车回家的姑娘，是我啊，踩了你鞋的那个，一个月没见，你变漂亮了！"

这没头没脑的一句吓了安琪一跳，赶紧转变态度应和着，哈哈，是吧，哪有啊！两人寒暄了几句，由于天色已晚，杨烨家离得太远，就匆匆告别了。

项目预计持续两个星期，直到杨烨做出完整的产品文档交给技术开发。也就是说，杨烨这两个星期都要来安琪公司上班。

第二天一早，他就拎着两人份的早餐进了会议室，招呼安琪一起来吃，说毕竟朋友一场，有缘分，顺手给她带的。安琪也乐得其所，吃完了干活儿有力气。这一带，就是半个月，每天不重样，煎饼果子、油条豆腐脑、稀饭包子、肯德基麦当劳全被带了个遍。

Alice 一看到杨烨来了，就捏着鼻子走出会议室，嫌弃他带的早饭有一种市井流氓的味道。

两个星期，夜夜加班。为了完成宣传和技术的统一，他们两人不断在会议室的白板上画出自己脑中的各种流程图。Alice 从不跟着他们加班，总借口自己有事开溜，安琪也无所谓，反正她就是个旁听的。她和杨烨不断争论，力求一个完美的切合点，杨烨也毫不客气，不能做的就拒绝，没有可行性的就说天方夜谭，有一回加班太晚，安琪出去倒杯水，回来就看到杨烨趴在桌子上睡着了。几页白色的复印纸上面画满了各种图形，散落在他的身边。安琪想想，从中关村回通州，再从通州来中关村，每天往返约四十公里，要是她，也得撑不住，就默默没有叫醒他。安琪看着杨烨趴在办公桌上，突然觉得这个男的也不算难看，逻辑思维能力强，对技术非常了解，对市场敏锐度也还凑合，个子挺高，手指修长，脑子木了一些，但看起来人好像不错。想到这，她吓了一跳，什么人不错，小小一个快递还要到付，自己这难不成是单身太久在发春吗？她摇摇头，想把脑中的风花雪月一并摇散了。

杨烨迷迷糊糊抬起来，说实在是太困了，今天就到这吧，歪着脑袋问她，安琪，你怎么一个星期都不换衣服？

……

直男就是这样吧，女生穿同一色系的衣服，居然觉得是同一件。安琪上班总是穿着黑色，竟然被视为不换衣服的典范。安琪气炸，懒得争辩，说，赶紧收拾东西下班吧。

刚说完，大楼就像演电影一样停了电。整栋楼突然陷入黑暗，这黑暗里，只有她和杨烨两个人。两人都在同一时间大喊："卧槽，没保存！"然后面面相觑。安琪打开手机的背光灯，又安慰自己又安慰杨烨，说："没事没事，电脑会自动保存，应该不会丢太多。"边说边伸手想鼓励似的摸摸电脑，结果一回身，就被会议室的椅子摔了个底儿朝天。

是有多久没有摔过跤了，上一次摔跤好像还是上初中的时候，坐在前面的男生故意伸脚绊的，人生可真是艰难啊，上学有人伸脚绊你，上班头上也要压个小蜜，安琪想："我就这么摔着得了，反正现在一片漆黑，谁也看不着谁。"结果身后就传来了杨烨的笑声："哈哈哈，你不是摔倒了吧，你怎么这么笨……"

后来杨烨背着安琪走下了公司的十二层，安琪并没有崴脚，也没有摔出什么大碍，就是觉得杨烨贱，想治治他。刚走下楼，就来电了。大厅突然亮起来，安琪从迎宾的镜中看到自己，居然有点幸灾乐祸的小甜蜜。杨烨看了看，安琪的脚既没红也没肿，知道自己中计，却依然继续背着她走到了路边，要打车才放下来。两人都没说话，空气里流动着一丝暧昧的气息。打到车，杨烨离得远，却坚持要女士先上，对着车窗冲着安琪一咧嘴，说："记得把衣服换了。"车走远了，安琪收到一条信息，"你穿黑色不好看，太压抑了。多笑笑，你撒起疯来更可爱。"

安琪一边无语，一边竟然低头咧出了一弯月光。

第二天相安无事，谁都没提前一天晚上停电的事，两人回家各自默默补好了自己丢失的部分文档，依旧一起吃早饭，一起硝烟四起地讨论，一起视 Alice 为不存在。安琪穿着一件红色的 T 恤，杨烨冲她竖起大拇指，说："So beautiful。"安琪高兴极了，高兴到自己都没看见在倒水的间隙，杨烨和 Alice 在争辩着什么的脸。

两个星期很快过去，一起去跟客户做最后的定稿演示，安琪对 PPT 很满意，杨烨也是。他们吃了火锅庆祝，又说起那天的相识，安琪问杨烨，你也喜欢苏打绿啊，我可喜欢他们了！他们特别有才，唱歌好听！杨烨嗤之以鼻，说，俗，你们这些小姑娘就是俗，唱的什么玩意儿啊，男的女的啊到底是。一顿饭吃得不欢而散。

跟客户演示的那天安琪信心满满，拿起桌上的蓝色 U 盘插进电脑开始了整个流程的讲解。直到最后一页前，一切都非常天遂人愿，投影仪里的光束照过来，照出了人生最大的一个漏洞。"制作人：×× 公司 Alice，×× 公司杨烨。"

大家齐刷刷开始鼓掌，客户满面笑容，看来这个案子完美地拿下了。Alice 站起来和客户握手，双方像会谈一样交换了意见。会议室一片吵闹，但安琪仿佛进入了异度空间，什么都听不见。

不对，这不是我的 U 盘，它们外形一样，里面的几个文件夹排列顺序一样，唯独这个 PPT 不一样。不，是唯独最后一页落款不一样。哪里不对。安琪抬起头去看杨烨。这半个月，他们一起加班，只有杨烨知道，她的 U 盘里都存着什么。

这个王八蛋！

安琪孑然一身走出办公楼，手上只拿着一个蓝色的 U 盘。她不后悔当着客户的面，站在会议室的椅子上指着 Alice 妆容完美的脸一字一顿地说，她是老板的二奶。

像是湖水瞬间冻结成冰，又一片片飞速裂开，Alice 花容失色，老板投来惊异的目光。就在 Alice 冲向她的几秒之间，她巧舌如簧，飞快地清楚流利地说道：“上次 ××× 的方案，上上次 ×× 的案子，还有 ×× 的策划，和这次的产品定稿，都他妈是我做的，你仗着自己有老板撑腰全都改成你的，我加班熬夜苦思冥想，你一朝定乾坤，我一个打工族，你一个二奶，安安静静当你的花瓶不好吗？为什么要掠夺别人的财产，你知道我加了多少个班你男人也不给我涨工资吗？你知道我多少天没睡过一个好觉了吗？前几次的案子你把你的名字放在我前面说我是助理我认了，这次他妈的我的名字呢？你什么文化你知不知道那些代码是干什么的为什么这么做你就敢改，你知道吗？你这个欺世灭祖的贼！你不要……”脸字还没说出来，客户已拂袖而去。Alice 冲到她面前伸手去扯椅背，椅子下面的滑轮瞬间失控，眼看安琪就要一头磕在办公桌上，千钧一发，杨烨从身后抱住了她。

安琪一把推开杨烨，眼神里全是恨，快步跑出办公楼。想想自己从明天起就变成了一个无业游民，这次辛辛苦苦半个月的项目奖金更是沦为泡影，她又跟自己变卦了，感觉有点后悔。改了就改了呗，逞一时口舌之快有什么用呢，又不是第一次了。唉，寒冬腊月，她站在办公楼门口，任凭身后鸡飞狗跳，不知何去何从。

还是打开手机要给杨烨一个电话，问问他，这半个月的相处，他难道不知道自己是个什么人吗？为什么要在关键时候出卖自己，调包U盘，加上前些时候的暧昧，她甚至差点以为杨烨就是那个可以每天早上买早饭，可以在加班深夜背她下楼的男人，电话通了，旁边拐角处传来杨烨的铃声。

“你知道，就算大雨让这座城市颠倒，我会给你怀抱。受不了看见你背影来到，写下我度秒如年难挨的离骚……”

安琪回头，杨烨拿着手机冲她笑笑，旁边站着还未走远的客户。

……

“看到项目的时候我就知道是你了，我捡了你的手机写了快递怎么会忘记你的名字，两个公司离得那么远我不舍得你跑来跑去，主动提出我来你们公司开会。第一天我就知道Alice欺负你了，你看，她倒咖啡倒两杯，都有我的，居然没有自己同事的。你天天穿着一身黑，一定是在保守什么秘密。你老板那人的风流全世界都知道。我天天只买两份早餐就是气Alice的。她提出要我调包PPT我拒绝了。PPT确实是我换的，可我一直在跟客户保持联络，你我一起工作的事情他们是知道的，准备在讲完后就要问Alice一个她绝对回答不出的问题让她当场露馅，谁想到你……不过也挺好的，反正你可以直接去客户那边工作了，薪水翻倍。还有，《小情歌》挺好听的！哪天我唱给你听，保证比苏打绿好！我不想跟你异地恋，这半个月跑来跑去折腾死我了，求求你，就屈尊去客户那里上班吧，也在CBD，给个机会，我追你。”

断断续续听完这些话，安琪冷得打了个哆嗦。客户友好地伸出手，说：“安琪小姐，欢迎你的加入。”

2012年年底，杨烨帮安琪从北五环搬到了东五环。他们租了个黑车，一辆颤颤巍巍的白色小面包上，安琪坐在副驾驶，杨烨和一堆行李靠在后面，太挤，他伸出手抱着安琪口口声声最贵重的家当——一堆苏打绿的CD。司机说小伙子记得前面路口要低头，交警看到运送货物会罚款。杨烨说知道啦，我早就和它们融为一体了。整条街上都在唱着小情歌：“你知道，就算大雨让这座城市颠倒，我会给你怀抱……”

一眼万年

我们有时候不承认自己犯了错，是因为没有被抓住把柄，我们后悔自己犯过错，也是因为我们被人看破。

老杨又被姚晓悠赶出了家门，他蹲在小区门口的台阶上抽烟。姚晓悠穿着拖鞋,脚趾甲新做的蓝色,闪闪烁烁就像夜空中的星斗，她冲着老杨喊："你给我滚出去抽！"老杨滚出去了，边下楼边心里安慰自己，没事儿没事儿，反正又不是第一次滚了。

谈情说爱的时候，姚晓悠好像没有这么多事儿。偶尔撒撒娇，也是面若桃花般可爱的，有过这种时候吗？老杨仔细想了想，好像是有的，那时候经过哈根达斯也会学着电视剧里瘪瘪嘴唇忽闪忽闪眼睛说要吃冰激凌球,老杨颠颠跑进去买那个夏威夷果仁的，姚晓悠吃了两口就丢给他吃，说怕胖。她目光烁烁穿着黑色高跟鞋，接电话指挥下属盯好合同、随时发邮件、二十四小时必在、十分钟内回复……老杨吐了个烟圈，他真的不爱吃冰激凌，从来都不爱。他只爱吃法式吐司，姚晓悠嫌干巴巴的，没味道。

姚晓悠年纪大了，家里催婚。老杨和她是在相亲网站上认识的，两人配比率高达百分之九十六点五，合适的星座，合适的血型，要求对方的脾气品性和职业收入全部达标，见了面吃了饭滚了床单，成年人的规矩下了床该干啥干啥，后来姚晓悠觉得寂寞，不打个招呼就搬来和老杨住在了一起。

是不是该结婚了？就在两人分别被家里再度催婚以后，老杨心里默默念叨着，可在这个节骨眼上老杨发现，做爱简单，相处太难了。姚晓悠不黏人，独立自信，经前综合征时爱乱发脾气，撒娇这种天赋好像是经过培训班学习一样，配着她的职业装显得生硬奇怪，但这都不是什么大问题。老杨一个劲儿安慰自己，生活嘛，就是这样的，感情嘛，谁不磕磕碰碰呢，都这个年纪了，一切顺其自然就好了啊，谁还不得结婚生子什么的。他抽完烟沿着小区走了三圈，上楼打开门，姚晓悠已经睡着了。

老杨蹑手蹑脚轻轻洗了把脸，姚晓悠不能容忍除了工作以外的任何事情打断她的睡眠，算了，就睡沙发吧。

第二天万里无云，老杨醒来时姚晓悠在化妆，睫毛梳得根根分明，她跟老杨说晚上有约会，聊工作的事，要老杨别在关键时刻乱查岗，她不喜欢自己的男客户知道她有男朋友。老杨挑了挑眉，想说什么，叹了口气，咽了回去。

作为二十一世纪的新新女性，姚晓悠太知道自己的弱势和优点了，她要抓住一切机会，哪怕是男客户对她若有似无的暧昧，对她来说，只要合同签了尾款收了，她不介意在男人堆里周旋，这种周旋总让她倍感自信，她就喜欢男人对她求而不得的样子，其实心底也渐渐觉得老杨像一块绊脚石，但没办法，她的公司有漏洞，老杨是注册会计师，她需要他的帮助。

老杨心知肚明，他走在上班的路上，觉得生活就像道路两旁施工建立起的隔离区，规规矩矩的，没什么意外也没什么惊喜，这是好事还是坏事，他说不清楚。就像他自己的生活，每天跟着领导和数字打交道，他看不惯那些虚伪的人情关系，全是交易，自己循规蹈矩的却怎么也爬不上去，久而久之他习惯了，循规蹈矩不好吗？人世间所有的事情不都有个规矩吗？规矩让人心安，就跟这些财务的数据似的，无规矩不成方圆，挺好的。

突然，“嘣”的一声，一位施工的工人从楼上掉了下来，一群工人一窝蜂般聚了起来，不一会儿又散开，一个担架抬着那位掉下来的工人上了救护车，车亮起指示灯，伴着轰鸣声开走了。

“太惨了，估计腿得断了。”

“妈的这个工头太过分了，那么高没有防护措施！”

“也怪他自己，说了那个位置不安全，守规矩不能上去，但他偏要上去。”

“你懂什么，他还不是想快点干完这个活儿，还有下一个工地能赶上点。”

……

人们议论纷纷。

老杨站在原地，颤颤巍巍拿出手机。他翻了翻聊天记录，仔细看了一眼同学群里彭姗姗发的最新八卦，沈沁离婚了。老杨心里咯噔一跳，哦，离婚了。

谁还没有个放不下的人呢，沈沁就是老杨散发着玫瑰花香的床前明月光，永远不会过期，因为从来不曾拥有。大学时的公共课，老杨坐在阶梯教室的最后一排，一句话也听不进去，他就是来看沈沁的，沈沁是公主啊，落落大方的优雅，画画儿的，洁白的裙子像一朵不可侵犯的百合花。百合花似乎感觉到了老杨灼热的目光，回头看了一眼，那一眼，老杨知道，他完了。一腔热血难压抑，老杨屁颠屁颠跑去加入美术社团，什么都不会的他像个傻子，沈沁转过来问他，不如你当我的模特吧？

怎么好像人物设置反了呢？老杨笑了笑。美术社团两两结成一对，是搭档组合的关系，一个画另一个。别人都是男生画女生，只有沈沁拿着画板面对着他，画笔刷刷刷，刷刷刷，每笔都刷在老杨心尖子上。

沈沁画一笔，就抬头看看老杨。老杨的眼神按照沈沁要求的方向看去，从来不敢回眸看她，只有偶尔的一瞥，两个人眼神碰在一起，老杨感受到自己的颤抖。沈沁手肘一歪，一瓶颜料掉了下去，老杨一哆嗦，起身想帮忙，被沈沁呵斥，“不要动。”老杨赶紧又坐回椅子上。他就是这样，一辈子循规蹈矩，小心翼翼。

这么多年过去了，老杨不是没有努力仔细地寻找过沈沁可能爱他的证据。毕业那天他帮沈沁搬东西，她能扔的全扔了，唯独抱着一箱子画，谁帮忙都不允许，下楼梯的时候不注意晃了一跤，老杨去捡，看到画上的人都是他。老杨抬头看沈沁，沈沁抿着唇，什么都没说，眼神躲躲闪闪又晶晶亮亮。后面紧跟着的彭姗姗咋咋呼呼催着站在台阶上互相对望的两个人赶快走，说老杨进女生宿舍就走不动道了。老杨从沈沁手里拽过箱子，沈沁开口想说什么，想了想，松开手任他拿着，自己跟在他后面，一言不发。毕业聚会的晚上，老杨终于借着酒劲儿找到沈沁，他鼓起勇气要表白，却被旁边的大宇抢了先。大宇对着和他一组的画画搭档彭姗姗深情地说："我画了你几年，就爱了你几生，我不愿圈禁你的自由，我只想让你知道，你最动人，我想画你一辈子，画尽你的喜怒哀乐悲欢情愁，无论里面有没有我。"情话的赤裸热得吓人，四周沸腾，同学们开始鼓掌，彭姗姗低头羞涩地笑。老杨赶紧站起来，凑着热闹的氛围端起酒杯，大喝一声："说得好！"一只手没拿稳，满杯的啤酒晃了一晃，洒了自己一脸，他尴尬地笑笑，四周人又起哄，没人注意到他。沈沁指着他一脸的啤酒花儿笑："喝多了吧？看你那小脏样儿！真该画下来。"咔嚓一声，沈沁拍了一张照片，闪光灯把夜点亮的那一瞬间，像一把火一样烧光了老杨的激动，只剩下一片灰烬。对，沈沁是有男朋友的啊，两人关系稳定，家里人都知道，她怎么会喜欢自己呢？老杨㞞了，他想起人人喊打的小三，破坏人家家庭的邪恶分子，他什么都没说。

沈沁毕业就跟男友旅行结婚了，那一路上她发了很多微博，全是风景，秀丽的，蓬勃的，落日和朝阳都宛若梦境。

梦境是不能被践踏的，老杨偷偷关注着她，却从来都不言语。只在自己的首页烧尽了自己乏善可陈的艺术细胞，删掉那句不敢发送的"我爱你"，留下一句"你要好好照顾自己，好好吃饭，祝你早安、午安、晚安"。

两年后同学聚会时大家在饭桌上寒暄，当年一对一对的美术社团搭档大多都各自有了伴侣，在 KTV 里大家一瓶接着一瓶地喝，阴暗的灯光里唱着走调的情歌，老杨问沈沁，你幸福吗？沈沁说，还行。沈沁问老杨，你幸福吗？老杨说，也还行。两人陷入长久的沉默，沈沁连喝几瓶，起身去卫生间，老杨坐在沙发上拿起她的相机，借着酒劲儿安慰自己就是好奇，好奇。他左右拨弄了几下，翻她的图库，全是风景，世界各地的日出和夕阳，没有一个人像，直到最后那张，是他自己在毕业那天，酒洒了一脸，狼狈不堪，脏兮兮的唇角配着错愕的瞬间，还有半句硬生生吞进肚里的表白，存在沈沁的相机里。老杨感到有一把火从他的脚底往上蹿，对，这就是那个他寻找了多年的证据，她也是爱他的，不然她为什么画了他那么多年，留下那么多画，那么多表情，那么多心思。她发烧时他半夜给她送药，他为了一幅作品几个小时一动不动保持笑容，别人在背后说沈沁三八、劈腿、脚踏两条船时，他甚至为她打了一架，他守护着他们的友谊，守护着她，她难道不知道？老杨默默把相机放回原处，那一刻什么三观道德、人伦纲常都是个屁，他仿佛鼓足了一生的勇气，他决定了，等她回来他就告诉她，他爱她，一直都爱，他这么多年孤身一人，都是在等她，他不能再错过了，他太害怕错过了。

沈沁刚刚回到座位，老杨就一把握住了她的手。沈沁的手上残留着水珠，一颗颗的，老杨整条胳膊都在颤抖，像是举哑铃时力竭的最后那两三下，他觉得他的肱二头肌在隐隐作痛，他抿了抿唇，准备开口。这时沈沁朝他眨眨眼睛，扬扬下巴，示意他看那边，老杨一回首，发现到齐了的几对搭档里，大宇环着彭姗姗，他们唇齿对在一起，在接吻。老杨皱皱眉头，大宇已经结婚了，新娘当然不是彭姗姗，彭姗姗自己更是新婚不久，每天都在朋友圈里晒钻戒晒幸福，老杨松懈了一下，像停下运动的那个瞬间，肌肉突然撤去了压力，不再疼痛。沈沁抽回手，拍了拍他的肩膀。

错过又怎样，不错过又怎样？王子和公主的童话结局真的就美好了吗？

瞬间的倾心像一把剑，捅进心脏时还有可能生还，拔出来的那一刻才最危险。老杨看着偷偷亲吻的大宇和彭姗姗，觉得他们的婚姻像个笑话。哪种笑话呢？就是那种最最俗套的，年少时分离的梦想和长大后承认现实的互相斗争，什么都想要，什么都不放过，在阴暗的 KTV 里借着酒劲儿故意撇清和责任的关系，待到灯光重新明亮时互相补补妆，走回原来的岗位和家里那位说，哎呀，学校的老同学真是太讨厌了。我们有时候不承认自己犯了错，是因为没有被抓住把柄，我们后悔自己犯过错，也是因为我们被人看破，偷偷摸摸是快乐吗？当你越过道德的线，饮鸩止渴的快乐像瘾，错误的瘾。

谁都不知道那天同学会散场以后，老杨和大宇续了局。老杨开口就说，你孙子别装，我都看到了。大宇不好意思地笑笑，推脱一句“情不自禁”。

当年大宇和彭姗姗短暂地相恋了几个月，因为年轻时的任性说分开就分开了，分开以后各自走上自己的生活轨迹，结婚生子，在鸡毛蒜皮里厌倦生活的无趣，他们不是第一次私下约会了，也不会是最后一次。老杨说你这玩儿火啊，大宇潇洒地说玩儿呗，没关系，我一个男人，生性风流又如何？老杨问，那人姑娘呢？大宇又笑，我又没逼她。

老杨弹掉烟灰，呵，好一句又没逼她。他突然明白，沈沁要他看的是这样的故事，错过后的不甘，华丽的外皮下全是肮脏的敷衍。

错过了就错过了，沈沁在 KTV 里唱，往事只能回味。

老杨不甘心又能怎么样，年少时没来得及挥霍的勇气，在这个时刻，像沤久了的汤羹，散发着的全是恶臭，如果遗憾是美好的，何必意气用事，明知道的后悔，怎能输给不够完美呢？

老杨继续着自己的循规蹈矩，几个月后便遇上了姚晓悠。那天被赶出家门时，他就知道沈沁离婚了。但离婚又能怎么样，乘虚而入未免太过小人，况且在那之后，沈沁从未和他再联系，他点开沈沁的头像，看了几条朋友圈，沈沁每天都发自己做的早饭、午饭和晚饭，水果蔬菜搭配合适摆得整整齐齐，很奇怪，同学几个没人点赞，老杨想想或许是因为他已经屏蔽了那几个八卦精，他也不点赞，只是默默地看了又看，仿佛看一眼，就吃到了自己肚子里似的。

老杨浑浑噩噩上完班，下班又路过那个工地，工人们端着盒饭蹲在路边吃，几个人围成一个小圈，几个人吃完了在抽烟。老杨夹着公文包，感到自己与世隔绝。反正姚晓悠说了晚上回来很晚，他摸了摸兜，发现没带火。凑上去问那几个工人借火，其中一个帮他点烟，他笑着感谢，随口问道："今早摔下来那个人怎么样了？"

“死了。”递火的那哥们用生涩的普通话答道，“他家里人已经通知了，不知道能不能妥善处理，保险好像没买全，可能有得闹了。别耽误大家干活儿才好。”

老杨点点头，寻思了一下，会不会拉横幅求索赔？这条道要是封了，他就要绕路去上班了，绕得还挺远，这样每天早上最少得早起三十分钟。老杨看着烟头明明灭灭，心下一惊，一条人命，他和那位工人一样，却只怕耽误了自己的事儿。

什么时候开始变得这么悲观又冷漠？好像所有的事情都和自己没有什么关系。朋友圈和同学群都屏蔽，只留下了几个领导天天分享职场鸡汤，他要赶着去点个赞，还有的，就是沈沁了。最近甚至连姚晓悠的都不太关注了，以前时时刻刻盯着，他想尽力做得好一点，证明自己还有当男朋友的能力。

毕业以后老杨谈了几场恋爱，每次都匆匆开始草草结束。姑娘们埋怨他不会关心人，不浪漫，他不在乎，他也不想关心，他还是惦记着沈沁，怕错过一条消息，他觉得错过太残忍了，直到那次同学聚会上沈沁抽回的手让他突然明白，错过了就错过了，他要过自己的生活，没有表白的就算了吧。

他努力安慰自己，没关系的，他尽力做到最好，姚晓悠说什么就是什么，连她公司的烂账都尽力帮她粉饰表面的太平，他按照她的要求，说吃冰激凌就吃冰激凌。他想他以前因为那个圆不了的梦伤害了别人，这些都是他该还的，他尽力了，时间只要往前走，他和姚晓悠总会磨平这些磕磕绊绊，走到心如死水的平坦上去，每个人不都这样的吗？

夜里姚晓悠推开门，脱下高跟鞋，一身的酒味，她厌烦地看了老杨一眼："叫你别等了，你还等什么，快睡觉。"姚晓悠卸了妆，倒头便睡。老杨把她扔在门口的包捡起来挂在墙上，瞥眼看到了包里的避孕套。姚晓悠总说随身带着一个套可以交好运，老杨不想深究，又拿出手机看了看，沈沁今晚吃的是牛油果沙拉。

大宇和彭姗姗的事情终于东窗事发，彭姗姗陷入了离婚危机，她约老杨出来见面询问怎样才能最大化取得财产。老杨喝了一口咖啡，看到彭姗姗疲惫的容颜和用再厚的妆也挡不住的黑眼圈，突然问了一句，你后不后悔？

"什么后不后悔？"彭姗姗皱皱眉。

"你和大宇的事儿，你后不后悔？"老杨索性一问到底。

"什么事儿？那都是过去的事儿，我就问问你财产，别扯别的。"

"我又不是律师，我怎么知道什么财产？"老杨看着面前这个贪得无厌的女人——平时最爱八卦的女同学，有些厌烦。

"你不知道？你不是天天和财务打交道？"彭姗姗有些急了。

"我不知道，但我知道你婚内出轨，和大宇搞在一起，你咎由自取。"老杨意识到自己说错了话，赶紧补救了一句，"但我知道，女人的青春还是很宝贵的……"后半句太刻意了，有些软弱，老杨心里一虚。他知道自己不是愤怒，是嫉妒，他其实挺羡慕彭姗姗的，敢作敢当，感觉来了随便演一场，哪怕现在火烧眉毛，也假装平和，势利又现实到赤裸裸。

"你知道个屁！"彭姗姗突然有些情绪失控，"青春宝贵？是啊，我是出轨了！我老公一出差就半年连个人影都看不到，我就是无聊又寂寞，他当年说的承诺一句没兑现，现在离婚要我净身出户，凭什么？难道都是我一个人的错？我说老杨，你也别装得多清高，你和沈沁没有在一起那是你㞞！沈沁给你留了多少机会？当年她说要结婚，却跟男友分开旅行，还不是给你留时间？你㞞就你㞞，别来指责我的生活，我犯了错我自己负责，不像你，连个错都不敢犯。”

“什么？……”彭姗姗甩下一段话，气急败坏地夺门而去。话里太多内容，老杨一时反应不过来。

后来他多方打听，甚至千里迢迢跑去外地和沈沁当年的舍友吃饭拉关系，才把所有的片段补齐。他终于知道，沈沁的男朋友是青梅竹马的邻居，她听从家里的安排和他相处，他对她很好，嘘寒问暖，无微不至。毕业后他求了婚，沈沁提出不要婚礼，两个人分开旅行看看这个世界，她走遍几个小国家，拍了很多风景画了几幅画，就这样，没了。

老杨没有听到他想要的回答，他以为沈沁有可能跟谁说了她在等他，可是没有。那彭姗姗怎么会说出那样的话，是故意的吗？一定是的，彭姗姗情绪激动，口不择言，或许她自己都不知道她在说什么。

老杨帮彭姗姗咨询了很多律师朋友，煞有介事地帮她分析利弊，他问了几次彭姗姗那天的话是什么意思，彭姗姗都不愿意再说。两个星期后彭姗姗拿着合同坐在咖啡厅，她不施粉黛的样子显得清瘦干瘪，她跟老杨说，不麻烦了，她丈夫最后原谅了她，决定再试一试。

她端着杯子，把自己的手机递给老杨，说，你看看吧，看看就知道了。

老杨接过手机，上面是沈沁的朋友圈，里面的几条内容时间都很久远了，那时候刚刚有朋友圈这个功能，沈沁发“试试功能”，配图是一张画，画上的人是他。下面几条留言调侃沈沁，沈沁回复，就是毕业作品而已。再没了。

怎么没了？老杨翻了翻。真没了。老杨掏出自己的手机，点开沈沁的主页，依旧是每天的早饭、午饭、晚饭。老杨突然明白，原来沈沁的这些图，都是有分组的，而这个分组，只有他一个人。

老杨抬头，看看彭姗姗，一脸疑惑。

“别问了，同学聚会那天沈沁从外地赶来，她迟到几分钟，我说沈沁估计离婚后过得不好，笑她萧条得连守时都不懂了。你打断我的猜测不让我八卦，说她现在一定不错，朋友圈发的三餐都健康，离婚对她没影响，她还是那个她。后来我看了所有人的手机，都只有这一条，我就明白了。”

老杨说不出话来。

“你后悔吗？”

老杨走在回家的路上，他只记得最后彭姗姗问他后不后悔，他回答了什么他怎么也想不起来。他觉得很奇怪，回忆的时候他仿佛能看得见自己，可是当时并没有这个第三视角，回忆到底是怎么回事呢？他听到自己的声音有些虚弱，像是应付领导的职场鸡汤一样麻木无力，他说：“不后悔，在一起了又能怎么样？跟你和你老公一样？面对聚多离少？面对诱惑和出轨？”

彭姗姗这次没有生气，她云淡风轻，说：“至少我有经历，而你全是借口，连分离都不敢。错过美好吗？那你怎么还不结婚。”

怎么还不结婚？他想起姚晓悠包里的那个避孕套。他想起来那个套的一角是被撕开的。

又经过那片工地，老杨猛地发现并没有人维权，没有停止施工，也没有封路，他走过去问路边的工人：“你们那个摔死的同事，怎么样了？”

“赔了。工头平时抠，但看见家属确实不容易，家里唯一的男劳动力没了，赔了双倍。还算有人情味儿，这回我们都好好干活儿了，你住前头那小区吧？怎么还惦记着？”

“赔了就好，这世界也不都是悲剧嘛。”老杨感到心里有一块地儿腾开了，顺畅了。他快步走回家，发现姚晓悠已经收拾好了东西，她像当初敲开他的家门一样趾高气扬地站在走廊里等着老杨回去。

还是那个细细的嗓音，“老杨，我走了，咱俩就这样吧，也没什么结局了。我也安慰自己好几次能和你好好的，但是没有用，感情到了安慰自己鼓励自己的时候，也消逝得差不多了，谢谢你帮我的忙，好自为之。”姚晓悠踩着高跟鞋下了楼，老杨推开窗户，看到楼下有车在等着她。

清晨起床，沈沁又更新了朋友圈，早餐是老杨最喜欢的法式吐司，老杨没有急着去找她，他看了一眼自己餐桌上的那片吐司，就那一眼，他想起沈沁画画时每次抬头看他的眼神，她包里总是装着一片一片的吐司怕他饿了。毕业时她站在台阶上裙角飞扬地抱着她的画箱，那几秒钟，短不过几次上下眼睑的碰触，长不过整个青春。他突然一切都明白了，她的不舍和坚持，她的沉默和期待，她没有把握，她不能说。终于，绕了这么大一圈，老杨慢慢伸出手指，轻轻地，在那张图下点了一个赞。然后飞快地，一条接一条下去，点满了每一个赞。

千里之外，沈沁看到一条朋友圈提示，然后数字突然叠加，1，2，3……10，15，20……

“深情一眼挚爱万年，几度红尘恋恋不灭。

“……

“要不是沧海桑田，真爱怎么会浮现。”

老杨吃了一口吐司，确实干瘪瘪的，但这里面的滋味绕过口鼻，来到喉咙，是踏实的味道。

这次他不怕错过了，因为他知道，他们再也不会错过了。

心太软

我们都曾在成长的路上受过伤，别以为父母年纪大了就不在乎了，其实他们也在一路成长。

我爸有病，神经衰弱癫狂症、别人家孩子对比综合效应、习惯性打击儿童心理诱因，总之就是一句话都说不到点子上。

当年高考前夜最关键的时候跟我说，算了你也别瞎费劲了，估计也考不上啥好大学，明年复读算了。

大学毕业学车临考前一天，我比高考还紧张，练了一冬天右手都冻伤了，想跟他这个老司机讨教一下。人家缓缓丢出一句，现在电子考严，反正大不了你再重学一轮，又不用另外交钱。弄得人好不容易鼓起的勇气全部丧失殆尽。

是的，我爸就是这么一个让人泄气的父亲。

去年难得几天小假，我带着男朋友千里迢迢回了趟家。本着新女婿第一次上门的张扬态度，浮夸地给他买了三条价格上千的烟，提了两瓶好酒。提前一星期就通知了他，结果一进门，我爸不见踪影。

忙忙碌碌饭菜上桌，我爸才晃晃悠悠地回来，我白了他一眼，没说话，饭吃得闷闷不乐。

吃完饭我跟我妈收拾桌子，不知道我爸跟男朋友聊了些啥，看起来挺开心。聊完我爸上班去了，我俩坐了一夜火车累毙了，倒头就睡。睡了一半我爸回来拿东西，一推门我一个激灵就醒了，坐在床上脑袋发蒙，心里直打鼓，想的全是，完了，我爸看到我和他睡一张床了。

虽然我初中就开始早恋的种种劣迹我爸心知肚明，但如此明目张胆还是第一次。我受到了惊吓，想起我爸从几年前就开始辣手摧花般毁掉我的爱情美梦，我心里有些忐忑。我一早恋被发现，我爸就会暗暗嘟囔一句，你这没戏。也怪我不争气，每次都被他说中。不过想想，我这男朋友北京人，家里二环有房，他和他妈都待我特好，够可以了吧？

他拿完东西就匆匆出去了，我跟男朋友醒来洗洗脸，出门溜达。我爸坐在院门口的门房里，看得一清二楚。

是的，他躲过了当年下岗的大浪潮，却没能逃过他们厂破产的危机。他们厂被别的集团并购后，给了他一个闲职，就是看大门。我爸也不老，为了这个工作纠结了好久要不要干，但恰逢当时奶奶爷爷双双病倒，如果看门，还能时常回家照顾着，想了想，就当上了门卫。那时候他总是一副忍辱负重的样子跟我说：“你看，人老了就是这样，你以为你还能蹦跶几年？等我老了你不得照顾我？”弄得我年纪轻轻，压力很大。

我跟男朋友甜甜蜜蜜地走在街上，他笑着说你爸挺逗的，中午还一直问我，要是咱俩以后没钱了怎么办。我说那能怎么办，他说是啊，哪能呢，咱吃房租也能吃一辈子啊。我竟无言以对。

我爸晚上住门房不回来，我索性跟他一直睡在我爸的房间。

哦，对了，今年二月我跟这男的分手了。尽管当时我刚刚过完年从家里回来，身上根本没有多余的一分钱，我大半夜收拾东西从他家出来，用身上仅有的几百块钱待在一间特价房里，满脑子想的都是如何跟我爸解释。

谁家女儿的爸不是一个封建派。尽管在现代社会，我爸看到男生给我送花依然会变成黑脸包公，然后碎碎念一阵不靠谱没戏耍你的之类的话。当时我是真奔着要结婚的目的去的，可谁知道人家突然就中途变卦，把我给甩了呢？这事儿不提了，过程也不复杂，可能大概就是厌倦了。

我一直瞒到四月，才跟我爸坦白，没想到他居然特别开心，说挺好的，那男的不靠谱，我本来也不同意。我问他为什么，他告诉我说一个小伙子居然能说没钱了吃房租？你知道这是一个怎样的生活态度吗？

说起生活态度，我还真是要笑话一下我爸。他以前是干销售的，喝酒应酬就是家常便饭，否则也不会把年轻时一米八几的大帅哥吃成一个正方体。从小我爸教育我，欠别人的一定要还，对你好过的人，你一定要记住。是的，我记住了，我记到要跟人家定终身了，结果还不是被甩了。

以前上大学的时候，我爸就托他的朋友在学校照顾我，我也是百般不领情，左右搪塞。我爸每次都跟我反反复复继续念叨这个概念，说一定要懂事啊，反馈啊，报答人家啊。弄得我烦死了这些强加在我身上的照顾，认为还不如没有的好。但我爸严肃地跟我说了，我这种白眼狼以后走到社会上一定要吃大亏，自己不付出就想收获，全世界哪有那么多人无缘无故对你好，你看看你那些朋友，现在还剩几个了？

我最烦他污蔑我的朋友，我说还多着呢。他说："谁？是谁你给我说说我听听。你说，你初中一起逃课的小兄弟呢？高中一起打架的小姐妹呢？跟人家一起离家出走的结拜呢？"我气死了，觉得他总是翻旧账，想方设法地羞辱我。

他喝多了就会跟我啰唆，话长到我听到最后都蒙了，完全不知道他在说什么。我来北京的时候他就炸了，打电话要和我断绝父女关系。因为我毕业后他给我安排好的工作让我给搅了。他一直在强调，你去北京能干啥，你那破学历，连块敲门砖都没有，你以为你能猛龙过江？最后还不是得被淹死，你要是在我身边你肯定淹不死，但你跑那么远，我真是伸手也没法救你啊！你要是最后混得不行了还不是得回来，你要是回来了我还得花钱再给你重新找工作！你这折腾来折腾去不是折腾我吗？

每次听到这样的句子我都觉得自己瞬间从梦境跌回了现实。是啊，未来的路那么长，怎么走下去呢？万一走不好，那岂不是完蛋了。我一直一直往前冲的时候，从来不考虑摔在半路怎么办，可我爸满脑子都在想如何接住我这一跤，我也是累了。这人怎么这么悲观呢？

我想这种悲观是能追溯到婚姻这个人生必经之坎上的，我爸就没能跨过这道坎。

他虽然看起来屌丝，但娶了个美女。到现在也没人敢说我妈不漂亮，她时常穿着我的衣服出门参加活动，除了有点大，毫无违和感。美女都傲气，怎能忍受自己丈夫在自己小区门口看门？所以时常窝着一口气，说话难听不算，其他一切我爸作为家庭男主人应该享受到的，都没有。而且我妈是个特别收放自如的美女，她从来不管家里的事，该干啥干啥，认为顺其自然的放养就是最好的生活方式，在婚姻上已经栽了跟头，剩下一切开心就好。我不觉得她有错，反而一度认为她洒脱，很酷。

我妈时常指着她婚礼现场的照片跟我说，你看看，我那时候眼睛都是肿的，就是因为当晚在宿舍哭了一夜。至于他们为什么结婚，不过就是男大当婚女大当嫁的结果，至于他们为什么不离婚，表面是为了我的幸福，实质是无法分割财产，再实质一点是因为没有财产。

他们俩举着一面大旗，上面写着为了宝贝女儿的幸福。每次旗帜的飘扬都在我脸上重重来了一个耳光。这有多疼，相信全天下父母不和的孩子都能感同身受。

我爸不愿意给我妈钱。一个原因是“凭啥”，另一个原因大概就是赚钱太难，这钱不到关键时候谁都别想使。

去年年底，我爷爷病逝。我爸忙里忙外斥巨资操办丧事。第一次有亲人离开，再也不回来。我甚至感受到了世界末日的味道，一会儿泪崩得难以自持，一会儿一滴眼泪都掉不出来。我爸笑着一直安慰我，说没事儿，谁都有这么一天。

忙忙碌碌的丧事过去的第二天，我爸就去给人家修车了。半夜里回家，满手油，指甲缝里全是黑色的，我妈又是一顿骂，嫌他弄脏了家里的东西，我爸洗洗手，回门房去睡了。

小区的门房特别小，除了一张白天是椅子、晚上铺成床的地方，几乎容不下第二个人转身。我看着门口黄色的灯光，和门后我爸若隐若现的蓝色工作服，突然就想大哭一场。

你说这世界，人逃避一个问题，能逃避多久呢？时间多长，你都要回来面对不是吗？你说你跟爷爷再亲，相处的时间再长，能比得上你跟你爸吗？那你爷爷难道不是你爸的爸吗？

这么多年来，他又当爹又当妈，每当我不听话的时候，他就跟我讲一个老段子，说我小时候系鞋带系不上，一个人坐在门口哭了一下午，就是不伸手去系，最后还是他蹲下给我系的。我笑着说从小就看出来自己是个智障，我爸说我就是倔，谁的话都不听，长大一定要吃大亏。是啊，那些年那么叛逆，能听进去谁的话。

不久前我回家看他，发现他的花儿都死了，鱼缸里的鱼也没剩下几条，他洗个衣服还是弄得家里一团糟，我妈出去聚会了，不在家，不然肯定又是一顿骂。我摸了摸碗，感觉也没洗干净，油腻腻的，转头一看我爸，发现他满头白发。

你是什么时候发现父母老了的？这话题说起来太苍凉。我就是伸手摸到碗边的油腻时，觉得我爸老了。

大概我爸的手总是油的，因为他出去给人家修车，时常躺在车下就是一整天，所以我几乎从来没见过他买一件新衣裳。去年过年我回家觉得没什么负担，给自己买鞋的时候心血来潮给他也买了一双，不贵，七百多，回家的时候他看到价签简直要站起来骂我。我也急了，我说你活一辈子，连个七百的鞋都没穿过，你在这世界上活个什么劲！

他坐下半天没说话。我突然有些害怕，觉得自己口无遮拦了。他慢慢说，你还要结婚啊，你结婚的时候我能不给你拿点钱？我最烦他这一套论调，我说我这辈子真的不要你的钱，我要是要你的钱，我就去死。他笑笑，说那你把这些年上学的钱都还给我啊。我说我还，你给我等着。

我自己默默算了一笔账，这些年上学的钱，上大学的开销，出门工作时的钱，加起来七七八八，还真是要还好久。我爸说你个傻丫头，我就跟你开开玩笑，我能真让你还钱？我没吭声，但暗自真的决定要还他。

谁容易呢？他一个男人，这么多年，有家不能回。他反而说自己自从当上了门卫，生活幸福多了。在外面吃香喝辣，回来就睡，有活儿了去给人家修修车，再也不用回家和我妈吵架。我想起那些他死了的花儿，心里说不出的难过。

我们都曾在成长的路上受过伤，别以为父母年纪大了就不在乎了，其实他们也在一路成长。前些天他给我打电话，说整理东西的时候看到我的一张字条，上面不知道谁给我写的，“反正这钱包你也用不着，就送给别人吧，你也没钱”。觉得这些年是亏欠了我，不该不给我钱花，工作第一年还让我往家拿钱，就是怕我存不住都浪费了啊。“姑娘你别怕，你爸还有十几万闲钱，你没钱了就打声招呼啊，你爸给你汇。”

我终于意识到自己错了。虽然他老是说话打击我，但我才明白，这是为了让我不要骄傲，我是一个太容易骄傲的人了，初中时候学习太好被老师叫神童，下个学期考试就一塌糊涂，高三的时候一直逃学也能在第一次市一模时考进市前一百，第二次第三次却又掉出前一千。现在想想，谁是最了解你的人，转头看看，只能是陪你生活了二十多年的爸啊。

这回我的一篇长文突然在网络上爆红，我高兴得半夜给他发消息，他第二天问我是不是被骗了，说：“当作家这事儿就不要想了，我单位同事出的书都是我用车拉回来的，到现在也没送完。”我气得一句话也不想跟他说，我说我要挂了，你总这样我觉得生活没希望了。后来听同院的叔叔说，我爸不知道怎么才能看到我那篇文，于是直接把网页打印了出来，逢人就夸自己女儿现在写的东西可以发表了！我知道后给他打电话，说你两面派啊，在我这讽刺我，暗地里炫耀啊？他说你别高兴得太早，到时候啥都编不出来了你爸这吹出去了怎么收回来！好好跟我说说你有什么打算。我说我要用每一首歌的歌名做饵，写一本惊世骇俗的书。他说好啊，你也写写我，让你爸再沾沾光。我说行。他说那你用什么歌啊。我说铁窗泪，你就会唱那首歌。他哈哈哈大笑。

爸，你要真问我用一首什么歌来写你。我现在告诉你，《心太软》。

“你总是心太软，心太软，把所有问题都自己扛……只不过想好好爱一个人，可惜她无法给你满分。多余的牺牲她不懂心疼……你总该为自己想想未来。”

我们的爱

▶ ‖ ——●——

喜欢的时候拼命靠近，
爱的时候，只想保护。

你们知道滑板裤吗？就是那种巨大的裤腿，穿起来呼呼生风，还要有一个巨大的裤兜，腰围也特别大，要系上一条皮带不然会直接掉在地上，皮带上要有一个巨大的皮带扣，直接露在外面，T 恤掉落在两旁，走起路来就像上了国际 T 台。初中那会儿就流行这个，可谓瞬间风靡全校。

张帆就是第一个穿这种裤子的。他个子高，初一就快一米八了。长得也帅，穿上的时候简直变成了天王巨星，进校门的时候摇曳着身姿就像闪光灯不断地在他四周闪耀，酷极了。我说真好看啊，他说还行吧，我认识一家店，你去买，给你便宜。然后整个三班的倒数最后两排，都在一个星期内穿上了这种裤子。

初中的时候特别讲究义气，为了混进一个小圈子，大家觉得什么时髦你就必须得跟得上。我回家苦求了三天才得到了这么一条裤子，现在想起来，真是雷。

张帆是三班的班草，除了学习不好，样样全能。和刘博是哼哈二人组，他们一个高大威猛，一个奶油可人。对，两人在初中就已双双坠入爱河，有了女朋友，还都是尖子班的姑娘，一个叫叶子，一个叫雨薇。张帆对叶子那是真好，谁见了不得喊大嫂。叶子和雨薇是闺蜜，为了凑团约会，刘博就和雨薇好上了。

故事里总得有一个胖子，很不幸，我就是那个胖子。我学习不上不下，进不了尖子班，却也能在本班考个前十。我又高，一开学就是张帆的同桌，久而久之，递情书，抄作业，考试时帮忙作弊，全成了我的任务。我也就成了他们小团队中的一员，快毕业的时候不少人也得喊我一声姐呢。

初中的时候又流行拉帮结派，谁和谁一派，根本不和另一边的人玩。哪一派的男生看上某派的女生，需要提前放风说，那个某某某要挂某某某。如果女生无意，就无动于衷，女生有意，出去玩两次就能混在一起。你看，差生的圈子果然浑浊。到现在我也没弄懂，为什么追一个人，要用“挂”来表示?

张帆和叶子初二就在一起了，属于张帆先“挂”叶子，叶子同意了。所谓仪式也不过就是一起出去唱 KTV，那个时候 KTV 太火了，我们里面不管谁过生日，都要请去 KTV，那时《斗鱼》播得正热，总要一起高呼一首飞儿乐团的《我们的爱》，最后几个音节唱不上去，我们也不要话筒，一块儿大声嘶喊，快把肺都吐出来。

想想这么多年过去了，再进 KTV，对着屏幕点半天，居然还是当年那些歌。

叶子其实也不是个乖孩子，但学习好真的代表智商高，她一天上课全神贯注四十五分钟，下课跟我们乱混，也能考个好成绩。叶子漂亮机灵，张帆年少无知，迷得要死。每天下课都要穿着自己巨大的滑板裤站在尖子班外游走，叶子也豪爽，毫不畏惧地站出来就和他牵牵小手聊聊天，刘博作为兄弟，自然也要跟雨薇在旁边意思一下，两对所谓情侣招摇过市从不遮拦。

好景不长。早恋这种事情被抓住都是老师最头疼的问题，何况叶子和雨薇学习又好得不得了，是当年重点培养对象。当然是从好学生入手，劝他们悬崖勒马回头是岸，不要跟差生一起玩。十四五岁的年纪，正义薄云天，怎么能接受因为一个人学习的好坏这种身外之物就跟他断了关系呢？这种说法无疑就是火上浇油，只能让两个人的“爱情”更加忠贞不渝罢了。老师没辙，直接打电话叫了四个人的家长。

据说那晚上，四位爹妈坐在一起就像凑桌搓麻将，一直跟老师聊到深夜。两个好学生的家长脸都气绿了，两个差生的家长连连道歉。第二天就出事儿了，张帆和叶子没来上学。于是雨薇和刘博这一对儿被压在了办公室，幸好我没有暴露，张帆给我发消息，说他准备和叶子私奔。

私奔！充满着迷幻气息的一个词语，作为朋友，我义不容辞地支持了。我也没什么支持的好办法，就是对他们的行踪守口如瓶。其实行踪能去哪里，不是网吧，就是KTV，要么小旅馆。你们还记得《我们的爱》MV里有一段是男主砸了玻璃给女主抢了一条裙子吗？私奔当天夜里，张帆就干了一件类似的事。只不过不是裙子，是一束花。

年纪小，就是爱演。天崩地裂海枯石烂不干点啥惊心动魄的事情怎么行。在叶子和张帆私奔那天，张帆决定求婚。钻戒太遥远，但必须要有一束花。他让叶子在过街通道的另一端等他，走到花店门口以迅雷不及掩耳之势抱走一束放在外面的已经包好了的红玫瑰，扭头就进了过街通道，老板还没反应过来，人已经消失不见。于是画面是这样的，一个中年妇女追在后面大喊，没给钱！张帆在前面拉着叶子的手，另一个胳膊抱着花儿，花瓣随着风吹一片片洒下来，铺成了他们的幸福大道。

第二天刘博和雨薇这一对儿撑不住了，每天不上课就站在办公室等着交代另一对儿的下落，雨薇说："算了，说吧，他们本来就没多少钱，在外面能待多久。"刘博说："不能说，不能出卖兄弟。"后来还是说了，不知道他俩谁说的，反正说了。老师和家长冲到小旅馆的时候张帆和叶子正在床上打闹，叶子她爸一巴掌上去先扇叶子，后扇张帆。

被抓回来以后，小团体彻底决裂了。张帆因为刘博出卖兄弟要跟他打架。刘博也不躲，就在操场的角落里结结实实挨了一顿揍，第二天脸肿得像头猪一样来上课。叶子转学，雨薇被威胁，彻底不再和我们说话。

生活一如既往，张帆上课睡觉下课打球，刘博上课睡觉下课睡觉。直到一个星期后，我突然发现张帆在写信，他很少自己写字，大多作业都是我来代笔的。他偷偷告诉我，跟叶子又联系上了，他们现在平时就写写信，好好学习，考同一个高中。

从此以后张帆成绩水涨船高，几乎和我并肩，刘博就不容乐观了，还是老样子，上课睡觉下课睡觉。他说没事儿，反正毕业是要去当兵的，成绩无所谓。当然，他们俩谁都不肯先让步，一直没有和好，一句话都不说。

就要中考，张帆这成绩考上高中肯定没问题，但重点还是需要加把劲儿，结果谁也没想到，最后他连考试资格都被取消了。

当然是因为叶子。叶子在的另一所初中不断有别的男孩“挂”她，她不同意，却也不敢说自己有男朋友，三番五次骚扰之下直接告诉了老师。老师把该男生请到办公室狠狠批斗后转身给他爹打了个电话。该男生气急败坏，要在放学路上堵叶子。叶子一慌，告诉了张帆。

呵，年轻那会儿，打架就拼谁更不要命，何况你动了人家的命根子。张帆一个人冲到人家学校门口，和一堆人打在一起。一个人怎么打一堆人，正完全处于下风的时候，刘博混进了人群里，拉开了他身边的一堆人。张帆有些吃惊，也有些厌恶，但情况紧急也没好说什么。二对七，后来那七个屄包一看他俩这个架势要拼命，都瞬间变成了围观的甲乙丙丁，张帆也不管，只对着一个人打，其他人全无视。再后来，警察就来了。

张帆没事，皮外伤。刘博也没事儿。那男生也没事，就是左胳膊脱臼了。但男生家长一口咬定张帆寻衅滋事，故意来别人学校门口挑衅，张帆为了护住叶子这档子事儿，就承认了。两人在警局待了一天，出来就被学校通知处分，双双开除。

后来就是中考，再后来就是当兵。两人一起剃掉了额前的刘海，脱掉滑板裤，戴着大红花，进入了绿色的人海茫茫中。

接下来是高中。我当然没有本事和叶子雨薇考一所学校。只是各忙各的，偶尔联系。

再再后来，听说张帆留在了部队，刘博复员留在了本地最好的国企上班。直到我上大学，大家也没碰上一面。时间一久，我已经渐渐忘了这些老朋友。直到去年过年回家，在同学会上才聚在了一起。叶子和雨薇也来了。吃完就去KTV续摊，我坐在显示屏上点来点去，居然还是只会唱初中那会儿唱的那些歌。后半场大家喝得都有些多，我说张帆刘博这两年混好了，都开着不错的车，据说张帆结婚了？张帆点点头，说是。西裤衬衣，寸头，拿着烟，礼貌而周到的笑容。恍惚间我觉得他根本就不是当年那个说私奔就私奔，说打架就打架的大哥了，再想想，这么多年了，毕竟我都不是当年那个胖妹了啊。

大家热闹地唱着，《我们的爱》前奏的钢琴声一响起，仿佛又回到了过去，只是我现在终于不再坐在男生堆里，而是和女生们围在一起。雨薇先八卦了当年的事，说那次张帆去叶子学校，是她告诉刘博的。那次告密，是因为老师说失踪四十八小时就可以报警，刘博才同意她说的。刘博虽然对她不够真心，但跟张帆可铁着呢，最后也想跟张帆一起留部队，但家里有更好的工作，就复员了。我望向他哥俩，两人边举杯边寒暄，怎么看都有点陌生的意思。

我们的爱，过了就不再回来……

歌声响起，依然唱不上去，张帆撕着嗓子胡唱，刘博在旁边笑得哈哈哈。我回头，就看到叶子哭了。叶子说，张帆当兵以后就不和她联系了，她想联系了几次都没联系上，写信不回，没有电话。叶子又说，知道初二那次私奔吗，他们躺在小旅馆的床上牵着手，张帆说他自己是个混子，可能没法给她一个好未来，他考不上高中的话就别在一起了，就疯这一次，明天就回家。我听得有些糊涂了，叶子继续说，我等了他整整八年，八年以后他留在部队娶了别人。

直到现在我还默默地等待……

散场后大家都喝多了，走出 KTV 的门，被冷风一吹瞬间清醒了不少，可谁也不敢再开车。我们五个沿着公园的河堤一起往回走。互相寒暄着，大多都在我身上打趣，问我怎么减的肥啊，变漂亮了啊，北京好不好啊。我有一句没一句地回着，有种青春散场的感觉。走到最后他们都到家了，我和张帆要远一些，我拍拍他说，嘿，老同桌，怎么回事啊，你知道吗，叶子等了你八年，八年啊。张帆笑笑，点了根烟，对我说，你知道军嫂有多难当吗？

我不知道。

“你知道我一年很少有假吗？过年这几天算是好的了。一个月中能见一次算是好的，所以我找了个部队的姑娘。”

“你傻啊，你不会退伍啊？你待部队干啥啊？”

张帆撇撇嘴，低下头理了下在河堤边沾到泥巴的裤腿。“你觉得我退伍能干什么？我初中就来当兵，现在兵龄也不短了，钱也不少，活儿也不多，刘博退伍是我劝的，他回家有好工作，可我家里人没钱没关系，我退伍也分不到什么好单位，我退伍怎么办？叶子名牌大学，出来就是律师，公务员级别，我跟她在一起不是拖她后腿吗？我当兵那年就知道了，喜欢的时候拼命靠近，爱的时候，只想保护。什么对她好，我知道。你说我退伍了，在家门口开饭店吗？再说，我也得会做啊，哈哈。”我哑口无言，那两声刻意的“哈哈”在空气里冻成了冰雕。

我们的爱，我明白，已变成了你的负担。

故事就是这样，年少时的惊心动魄变成了一句尴尬的“哈哈”。我们心动得太早，所以太真。也是太早，所以太飘。不是不喜欢你了，就是过去了。谁还记得初中时喜欢过的人呢？叶子记得，但终究徒劳了。可她以后一定会知道，因为她只会过得更好。青春不留几个遗憾，那不是扯淡吗？

用张帆的原话说：“有些事儿不用太完美，别到死的时候遗憾自己这辈子都没遗憾过。”

我们五个人早就，各自，奔上了人生新的旅途。

我们的爱，过了就不再回来。

毁灭爱情

一生要遇见很多人，有的人，遇见的不是时候，就是注定要错过。与其鱼死网破，不如平静地毁灭爱情，让自己清醒，给对方一条生路。

成斌和小艾是在驾校认识的，他们跟了同一个教练，同一辆车。破旧的白色桑塔纳，冬天的车里总散发着暖烘烘的臭味，但所有学员都爱往车上挤，美其名曰是跟着教练多看一圈是一圈，实际是因为外面太冷。刚开始跑，每个人绕一圈过完所有项目都要大半个小时，一辆车上四个人，一天下来每个人也跑不了几圈。小艾讨厌车上无休止的重复和心口不一的奉承，一个人站在一边等着。

学车的场地是半山腰上的一块洼地，成斌也站在等待的地方抽烟。掏出烟盒，摸了摸兜，无奈笑笑，走上前问小艾借火。小艾抬起头看了他一眼，打开包递给他。

“那时候你怎么知道我抽烟？”

后来在休息室等待叫号去考试时，小艾扭头问他。

“我就是知道啊，哪有那么多为什么。”

小艾每次练完车，大飞都会开别克来接，而且是会提前一个小时就到场，打开车门让小艾坐进来，外面太冷。小艾有时候也会花钱买场地自己来练。成斌也是，女朋友时不时开车来探班，想起来好笑，两个对象都会开车的人，自己居然没有驾照。女生方向感太差还能理解，每每提及此，成斌只是笑笑，说，走个过场罢了，开车，谁不会？

小艾不会。她方向感和空间距离感都差得不行，每次倒库都会撞上旁边的杆。练了一个月，没什么进步，反而还不如第一次倒。她也不急，无所事事地一把一把跟着倒，把把进不去。

成斌总是在一边笑她，说：“实在没见过方向感这么差的人，还是别开车了，总有一天成马路杀手，反正你有男朋友，稳稳当当坐后面不就行了，干吗抢着去当司机。”

小艾一本正经地说：“人，总要靠自己。”

学车这一个月，小艾和成斌理所应当成了朋友，他们一起在寒冬的等待区冻成狗，一边呼哧呼哧从嘴里吐白气，一边吐烟圈。偶尔小艾手冷得点不着火，成斌也会帮忙围着她的手边，护着火。啪，点不着，啪，点不着。成斌说你真蠢，拿过火机和烟，吸一口，帮小艾点着，转手递给她。小艾仰头瞪他，却把烟塞进嘴里。

小艾喜欢成斌吧，这成斌早就有把握。不然也不敢用嘴给姑娘点烟，这叫间接接吻。一个女孩要是不拒绝，八成对你有意思。成斌心知肚明。

但第二天，大飞就在半山腰的训练场用他的别克不知道从哪儿运来了一箱木头，直接搁在等待区点了一堆炭火，小火苗蹿起来，大家都不冷了，挡了点风，也不至于点不着烟。小艾穿着雪地靴站在火边，笑得一脸甜蜜。

大飞是小艾的大学同学，毕业后跟着小艾来到这个小城市，从此鞍前马后。没有名分，不是男友，却还一直跑前跑后，加上勤劳能干，大飞很快有了一份小事业，三年内买房买车，虽然都是贷款，也算完成了小艾对他的要求。

抱得美人归，终究不过是早晚的事情。

驾照恰逢改革电子考，考试严格极了，像是专门为了挡住小艾成为马路杀手的命，差一点点都考不过，塞钱被发现就终身取消考试资格。第一次考的那一天，小艾本就打着碰运气的心态站在候场区。

成斌拍拍袖子，说终于可以不用挨冻了。小艾笑笑，说，是啊。

果不其然，小艾倒库一次失败，没有路考资格。考完第二天继续回驾校报到，扭头又看到了成斌，成斌摆摆手："妈的，路考那个场地和这里还是有区别的，一个不注意就瞎了！"

小艾笑他对自己太有信心反而粗心大意，成斌甩甩头发，说："无所谓，反正我刚回国也没事干，当耗时间了。"

这回两个人没分在同一辆车上，却每次都刚好在等车的地方遇见，偶尔打闹，多数时间沉默在寒冬的风里。

小艾不是没见过成斌的女朋友，漂亮，大方，开着红色的奥迪 A4，只偶尔来看他，带着保温杯里的热美式，递给他，温柔笑笑，说："没加糖。"成斌接过来揉揉她的头发，在偶尔的阳光里，闪着染过的巧克力色。

眼看第二次考试就要临近了，这个教练比上次那个负责多了，每次都给小艾空出一个小时的专场练习，但还是不行，力不从心。考试前一天小艾一个人在场地倒库，一遍一遍，还是没有把握，急得不行，在车上猛拍方向盘。教练站在车窗外面一遍一遍指挥，先往右一圈半，看到车库角后猛往左，看到另一个角后再回方向盘……

说到一半，成斌走过来，跟教练说了两句话，坐上副驾驶。

小艾盯着他，成斌慢慢说："你别急，谁的话都不要听，相信你自己现在是车的主人，你叫它往哪边它就往哪边，你驾得住它，你才是主人。来，我们走一遍。"

成斌握住小艾方向盘上的手，掌心的温热传过来，向右，向左，再向右一点点，完美倒入。

成斌下车。看着小艾，说："你自己倒。谁的话都不要听。"

小艾点点头，回过头看着车库，想着成斌说的话，居然完美地倒进去了。再试，一次，两次，三次，都进去了。场边传来大飞鼓掌的声音，因为时间快到了，大飞来接她了。

第二次考试，比第一次还紧张，小艾怕自己发挥不好，更怕再也没有理由见到成斌。

两人过了倒库在等第二场路考，小艾猛吸一口烟，回头去找成斌，就想问一句，你知不知道我喜欢你。目光看过去，被成斌女朋友递过手的不锈钢保温杯晃到了眼睛。

哦，不重要了。

考试很顺利。回驾校填资料领个培训证明，在家等待寄到的驾照就好。教练组织同期考过的学员吃顿饭，就在驾校楼下的餐馆里。一桌子人围在一起，互相敬酒。第二个教练凑过来跟她说："小艾，谢谢你的中华，你送我那么多，我哪抽得了啊哈哈。"小艾一怔："我没送过烟啊。"

给教练递烟是驾校不成文的规定，但小艾不信。我交了钱了凭什么不好好教我。她想起第一个教练对她总是漫不经心，有时候一天也摸不到几次方向盘，又想起第二个教练的兢兢业业，想必应该是大飞替她打点了吧。

扭头去看成斌，他坐在三步开外的另一个教练桌上，跟教练学员聊得特别开心。

吃完散场，大家晃晃悠悠上楼填资料，只要填好自己的家庭住址就好。成斌凑过来打趣说，嘿，又一位马路杀手诞生了！小艾说他无聊。成斌乐了，说："这一别估计以后没机会见了，咱们拥抱一个吧，算纪念一场。"

"不抱。我要问的话还没问出口。"

草草收场。无疾而终。

两年后小艾已为人妻，没有顺利成为一名马路杀手，车开得很稳，从来没出过事。工作顺利，公司给配车，备案的时候特别麻烦，不仅需要驾照，还要当年驾校的培训证明，早就不知道扔到哪儿去了，在家找了一天，没找到，回驾校去补办。

跟以前的教练客套一番，一起去填补办资料，交了钱就能拿到。

等待的时候跟教练瞎聊，随手塞给教练一条烟。她早已经不是当年那个不懂人情世故的小女孩，教练笑笑边推边收下，说："还是中华啊，当年你学车，每次给我烟还不好意思，都让那个叫什么斌的小伙子带给我，真是谢谢你啊。"

小艾一怔："什么？"

"你说那个斌啊，也奇怪，是你朋友吧？第一次明明考过了，考完抽夜考就是走个形式，竟然在考试的时候闯了红灯。真是胡闹。"

小艾尴尬笑笑："哦，是吗？"

成斌也结婚了，跟他青梅竹马一起留学的女朋友，格外般配。小艾在他更新 INS 结婚照那天撞了车，在自家的车库，倒的时候蹭掉了后视镜。后来去帮大飞交追尾的罚款单时，看到了一个背影特别像成斌，她填单子的时候听到交警说："刚才那个小伙子真逗啊，把车停在华夏酒店外面一整天，连贴了好几张罚单，车库就在离车不到五十米的地方，自己坐在车上，任交警怎么拉都不走，说罚吧，就是有钱，现在的年轻人啊，不知道在想些什么。"

小艾握着笔的手突然一紧，华夏酒店，是她举办婚礼的地方。

我坐在床边一边听小艾跟我说这些事，一边看着小艾抱着宝宝喂奶。她仰起脖子说："生孩子辛苦，喂孩子更辛苦，你看我这胸现在被咬得垂成什么样子了。"我冲她笑笑，问："不抽烟了？"她说早就戒了，现在闻到尼古丁的味道都想吐。

"后来有再遇见那人吗？"

"谁？"

“成斌啊。”

“没有了。好像又出国了吧。他爱人想移民。”

“不后悔？”

“不后悔。他现在特别幸福吧。我也是。”

我叹了口气。

小艾说：“别叹气，有些话，不该说。幸好当年我没有去问，他没有追上来。不然现在不知道什么下场呢。有些人，遇见的不是时候，能留下一声叹息，也比撑破一切稳定的现实纠缠下去好，你说呢？叹息声怎么就不能重到压住胸口最重要的位置了？不能喜欢他，对我公平了，对我们身边的每个谁都不公平，现在不是挺好吗？”

好吗？最后连个拥抱都没有。

不能带着爱的拥抱，距离太远了。毁灭爱情，得到了更多的东西。我现在特别幸福，真的，你看我的娃，眉清目秀的，哈哈，你看啊。

我扭头一看，成成又尿了一床。

“大飞，你快点，他又尿了！简直了！”大飞屁颠屁颠打开门，赶快抱着娃出门去换尿不湿，走过来三下五除二换了床单，说：“你俩聊啊，客厅有水果，少喝咖啡，不好。”

小艾笑了，格外暖。

一生要遇见很多人，有的人，遇见的不是时候，就是注定要错过。与其鱼死网破，不如平静地毁灭爱情，让自己清醒，给对方一条生路。

想念是突然断掉的烟，你是手边怎么也点不着的火。

后来我就戒烟了，你不知道吧。

伤痕

▶ ⏸

每个人的心里都有一道伤痕，随着时间的延续会变成一道无足挂齿的伤疤，成为一个牵挂。遗憾并不可怕，只要你无怨无悔。或许不能彼此拥有，但有时爱美在无法永恒。

“夜已深，还有什么人，让你这样，醒着数伤痕。”

邹杨拿着麦，站在桌子上，随着第一声的音乐，喊得震天响。唱到 high 了，抬头仰望 KTV 墙角五颜六色的彩光灯，倒勾凌空式举起话筒，一会儿激情昂扬，一会儿做思想者。一边活蹦乱跳，一边抖抖腿，用脚踢掉粘在自己袜子上的一根鸭肠。

他一米八三的个子，衬衫上没有一道褶子，白色的袜子和黑色的皮鞋，阳光的眉眼在酒过三巡后的黑色框架镜中聚焦好像有点困难。他晃晃悠悠，晃晃悠悠，把歌词里的“女”，全部改成“男”。

“让人失望的虽然是恋情本身，但是不要只是因为你是男人！”

……哪儿跟哪儿啊这是？

毕业后，哥儿几个的根据地从各个舒适的网吧包间转移到了各个量贩KTV。这转移的过程可有得聊了，一开始，我们只是吃，从大排档吃到大酒店，站着进去扶墙出来，钱花了一河滩不说，每个人都渐渐浮现出体重崩盘的趋势。于是不吃了，改喝，我们流窜于各个酒吧之间，依然站着进去扶墙出来，吐出一片灯红酒绿。经过无数次考察计划后，我们选定了一个稳定的、又能吃又能喝、还能饭后娱乐的所谓顺道减肥的新型圣地——量贩式KTV。吃完喝完唱唱歌当运动了，这不，邹杨左脚又粘上了一根鸭肠，真是恶心。但更恶心的事儿，还在后面。

他手机响了。他感受到了震动，掏出裤兜看了一眼，从桌上跳下来，鞋也不穿，撒丫子跑出门去。不一会儿，又跑了回来，到点唱机前按下静音。

整个世界都安静了，只听见邹杨故作稳定的腔调还夹杂着急促的呼吸。

“怎么了怎么了，你说你说，哦哦，没事儿啊，我这加班呢，刚叫了宵夜……”“对对，我马上，马上，现在立刻回家！”

哦，是嫂子。邹杨结婚了。或者说，邹杨马上要离婚了，不，是他自己以为他自己马上就要离婚了。他一遍一遍跟我们说，他这个月就要离婚！他这个星期就他妈的离婚！他现在就他妈的要回家离婚了！然后每次都气宇轩昂像下一秒就壮烈牺牲般离开，然后扑哧扑哧灰溜溜地从狗洞里钻回家。

邹杨娶了个母老虎，这哥几个都知道。他谈了一个奇葩恋爱，见过嫂子的几次无不是透露着与众不同的傲娇，这个不吃那个不吃，吃虾要邹杨剥了壳夹到她碗里，喝汤要邹杨吹凉了端到她手边，如此大家闺秀，细皮嫩肉，自然没法和我们这帮野人混在一起，我们在背后给邹嫂起了个外号，叫“白眼儿”，因为我们一想起她，就能一致地翻出一整片白眼的浪潮。可邹杨不知道哪根筋不对，就这么上了套，鬼使神差地娶了人家。别人允诺携手白头，我们谁也不好说些什么，一边含笑祝福，一边默默祈祷。

果然，婚后的邹杨像是变了一个人。一开始，十局八弃，后来，十局五离，最后，十局他自己补组二十局。他说他心里堵啊，他说老婆不懂生活苦啊，他边说边喝就差泪流满面。我们几个一起毕业的，毕业后留在一个城市又一起组局，互相照料，看着都挺心疼。他每次喊离婚，我们都在旁边撺掇着，鼎力支持，说一年后又是一条好汉，可没想到这么长时间过去了，他还是这般㞞！

行了，反正吃也吃完了，喝也喝得差不多了，嫂子也催了，散了就散了吧。我们几个流窜在夜色四合的北京，像一组突击游击队，打不上车的那种被迫游击。

来了几辆车，邹杨先走，我和胖子家离得近，捧着腹中的肿胀，顶着头顶的路灯，和着身边的凉风，慢慢溜达回家。我边走边吐槽，说邹杨一辈子就这么㞞！他这辈子都是㞞死在自己手里的！一个大男人，天天给老婆当孙子，虽说是疼爱吧，但这也太夸张了！作为一个他的女性朋友，我都看不过去了！胖子咯咯咯地笑，说老邹以前是㞞，但这次真不是。说完侧过脸猛然看我一眼，小小的眼珠夹在他的肥肉里骨碌碌快速一转，又立刻像什么都没发生一样赶紧接下去，对，你说得对，他就是㞞！

不对。这里面有什么蹊跷！

胖子是我们小分队里的感情专家，所谓旁观者清，不知道曾经经历过什么的他，或者是从未经历过什么的他，总是能大腹便便地用十分善解人意的口吻和洞察一切的神情帮你答疑解惑所有的不知所云，我们都挺依赖他的，当然，尤其是需要大倒苦水的邹杨。

呵呵，胖子？

我用一星期的啤酒钱和几年的革命情谊换来了这个秘密。惊天地泣鬼神的秘密。那就是！邹杨！出！轨！了！

一个从始至终对老婆唯命是从，以老婆马首是瞻的男人，出轨了。

在得知这个消息后，我突然转变了角色。女人就是这样，另一个女人被“三”时都会表现得义愤填膺，有种兔死狐悲的凄凉。我开始对邹杨破口大骂：“这个孙子，装㞞，还想脚踩两只船！”看来这个世界上根本不存在一心一意只爱自己老婆的男人，我就差说出那句俗语——再他妹的也不信爱情了。

一星期后，我就见到了出轨的两位主人公，邹杨和他的新欢童童。我们在三里屯打台球，邹杨一出现，我立刻用一种足够尖酸刻薄的语气挑衅道：“嫂子呢？”邹杨笑笑，童童也笑笑。他大方地跟我们介绍：“这是童童，一个新朋友。”胖子推推我，示意别这样，我不理，拿着杆子去一边开球。

童童走过来，要跟我切磋一局。她笑得特别大方，好像是我做错了什么一样。这局我输了，她挑挑眉，给我开了一罐啤酒，问：“要不要再来一局？”

怎么都讨厌不起来眼前这个女孩。上扬的马尾和嘴角，光洁的额头和手指，简单的牛仔裤，没有浓妆，没有高跟鞋，没有香水的味道，没有扭捏的姿势，仿佛一直在说，放马过来，我光明磊落。

我再想想白眼儿，她矫情，做作。每次见面都是满脸精致的妆容和扑鼻的香水味儿，几次打台球想跟她闹着玩，她都觉得台球这种撅屁股姿势有损自己的淑女形象，说女孩儿不应该做出这种不雅的姿势。我……突然有些恍惚，到底该向着谁？

就这样，我模棱两可地跟已婚朋友的女朋友接触了几回。谈不上讨厌，却也不承认会喜欢。不管怎样，邹杨还没跟白眼儿离不是吗？那他一天到晚在干吗？吃着碗儿里的看着锅里的，我对他做出这句中肯评价。

就这么浑浑噩噩地过着，直到一个月后我跟暧昧对象土崩瓦解，发现他跟我暧昧几轮，居然是个有女朋友的货！那天的局，还是在KTV，我们边喝边玩儿骰子，我轮轮输，杯杯灌。童童过来劝我别喝了，我一把推开她，信口胡说道："你这个破坏别人家庭的三儿，你管好你自己行吗你管我？"

说完我就后悔了。童童膝盖磕在KTV的大理石桌角上，使劲皱了皱眉头，抬头看了我一眼。为了不示弱，我也盯着她。"毕竟，我没说错什么，对吧？"邹杨急了，扶起童童，转过身来冲我吼："喝多了吧你？"童童赶紧接腔，说没事儿没事儿，我们玩儿呢。我本来就憋气儿委屈，他俩这么一唱一和，童童的开朗大气和我的无理取闹瞬间形成鲜明的对比，我一急，推开他们走出了包间。

晃晃悠悠走到大厅，准备一个人先撤了，回头再给胖子发个短信叫他拿上我的包。边想边继续往前走，一抬头，看到了白眼儿。她随便穿着一身运动服，扎着个马尾还有点乱，脚下的跑步鞋里没有袜子，露出了一截雪白的脚腕，刚刚打开出租车的门，风风火火地朝 KTV 走来。想都不用想，是个女人都能在她下车的第一秒联系上下文反应过来一件事：这肯定是来抓邹杨的啊！我临危一动，赶紧往回跑。

那天的抓奸行动由于我的及时通风报信，童童被我光速拽进了厕所而告一段落。白眼儿没有证据，奈何不了邹杨，以“等邹杨回家却迟迟不见人，所以顺道一起来玩玩”草草结束。

我和童童躲在厕所，童童尴尬地笑，我鬼使神差地问了一句，你这么年轻漂亮，怎么会和一个结了婚的男人混在一起呢？童童莞尔一笑，点了根烟。

邹杨和童童是同事，一开始只是简单的上下级关系。邹杨温柔，照顾新同事。没想到他俩居然有那么多的共同爱好，还在公司的兴趣小组上频频遇见。他们都喜欢恐怖片和日本文学，练书法学德语，神同步一般将两个人慢慢吸引在一起，偶尔工作结束后私下也会打打电话发发短信。童童刚搬家住进去没多久，一天晚上电闸跳了，她打开门去楼道查看究竟时，借着手机微弱的光，突然发现向外推的门后面，藏着一个人。她吓得腿都抖了，但还是故作镇定假装没找到跳闸原因，边拨电话边朝楼下走去。第一个留在通话记录里的，正好是邹杨。寒暄了几句，出了单元门她就吓傻了，边跑边哭。邹杨知道怎么回事后，第一时间冲到她家，推好电源阀门后，发现家里什么也没少，童童觉得莫非自己是眼花了，但邹杨还是不放心，在沙发上睡了一夜。第二天便四处打听给她重新租了房子，这让一个人北漂的童童感到温暖不已。

“只是朋友。”这是童童跟我说的最后四个字。我们站在厕所小小的隔间里，陷入死一般的沉默。

只是朋友。多少男人留着不远不近的距离，让你暗自猜测着，只是朋友到底是不甘心的“只能是”，还是口是心非的“不只是”？

这场捉奸风暴过去后，就听说邹杨和白眼儿正式分居了。邹杨自己一个人搬了出去，租了房子，过上了半单身汉的生活。再聚的时候他不再一盒一盒地抽烟了，酒也只沾几口，说乘兴之饮不宜贪杯，工作风生水起，又在国际上拿奖了。我讶异于他的改变，也渐渐开始接受童童和他似是而非的关系，如果两个人在一起能够互相促进和积极鼓励，那么谁先遇见谁后遇见又有什么关系呢？也许就是错误让你成就了正确呢？

在我们都渐渐接受了童童，觉得邹杨的人生就此有了一个从哪里倒下去就在哪里站起来的励志性转变时，在我还拿着新买的包包坐在KTV等着跟童童商量今冬最流行的款式是不是这个时，门一打开，只见白眼儿挽着邹杨的胳膊，走了进来。

谁都不知道邹杨在搞什么鬼。

后来我再也没见过童童，邹杨说她回老家了。他搬回了和白眼儿的家，好像童童这事儿压根儿就没发生过一样。每次和胖子聚完，我都骂骂咧咧的，觉得邹杨不是好东西，他活该这辈子被白眼儿虐，他自找的。胖子也不说话，默默在旁边叹气。因为童童的关系，我渐渐和邹杨疏远了，一起疏远的，还有我们曾经一起组局的朋友们。我突然觉得情分是如此的凉薄，当初的你侬我侬虽然不能有个承诺，可就这样在别人动情时乘人之危地把她拽入你的生活，又在你下定决心时翻脸不认人般将她踢出你的圈子，有没有问一句别人的意见？我为自己左右不定的立场而感到困扰，不想再看到邹杨一张有苦说不出的脸，不再参与他们的局，慢慢过上了独来独往的日子。

直到胖子生日，平日里我和胖子最最要好，我买了蛋糕给他庆生，不可避免地又见到了哥儿几个。喝到差不多的时候，我转过头问邹杨，童童到底是怎么回事。邹杨不说，我又转过头来问胖子，你是不是知道，胖子也不说。酒精让一切情绪被放大，我呜咽着说："其实我还挺喜欢童童的呢。"

邹杨一听，眼眶红了一圈。

当时他搬出来，已经下定决心要离婚了。由于我们都不喜欢白眼儿，觉得她矫情且作，邹杨的心也渐渐在我们的鼓动下离她越来越远。他搬出来的第二个星期感冒了，醒来头痛欲裂时，看到了床头柜上的感冒药和一杯温水以及桌上的一碗卤肉饭。

卤肉饭旁边白眼儿留了一句话："我错了，回家吧。"

什么？一句话就妥协了？

邹杨笑笑，解释道，白眼儿也有不被人翻白眼儿的时候。刚遇见时，她可是个活脱脱的女汉子，他们最爱一起吃卤肉饭，每次白眼儿吃完都只需要不到五分钟，她一个人上课下课写论文做项目，毕业后谈客户穿着高跟鞋追公交车，跑得比邹杨还快，工作越来越好，越来越压在邹杨头上。邹杨突然非常厌恶这样争强好胜的女朋友，他觉得白眼儿没有女人样，一点也不喜欢打扮，从来不做指甲，不染头发，不会用香水，说话嗓门大，吃东西跟饿了几个月一样,怎么都不女人。在他们一次敞开心扉的交谈之后，白眼儿从当年的女汉子，用力过猛，一次性变成了被人翻白眼儿的矫情小公主。

一开始邹杨挺乐呵的，自己终于跟个男子汉一样站了起来，他应该让白眼儿享受到更好的生活，后来就撑不住了，再后来，他似乎觉得一个人的改变是无用的，这早就注定了是个错误。直到他遇见了“刚刚好”的童童。

童童温柔体贴，不该问的问题从来不过问，大方善良，性格弱势，一个人流落在这大城市，她需要他的关怀，而那时候的白眼儿，只知道打扮自己，所有的注意力都在自己身上，要么过于娇嗔，要么只会发脾气。

那为什么还要回去呢？

因为卤肉饭吃完了，思虑良久决定把碗送回去，顺便把自己所有的东西都拿出来,为这段感情画上句号才好书写下一段开始。邹杨开着车，载着童童和碗，往自己曾经的家开。路上车胎爆了，邹杨不想耽误一秒，费了九牛二虎之力自己换上了备胎，车却不太听话，走走停停，到的时候已经快要十二点了，他很兴奋，自己新的人生旅程就要开始，一直哼哼着“你若勇敢爱了就要勇敢分”给自己打气。开了门，家里都是卤肉饭的味道，卧室里有光一暗一明闪闪烁烁，邹杨走进去一看，是他当年送给白眼儿的定情信物，一个手电筒。那时候青涩的邹杨叮嘱白眼儿：“宿舍晚上熄灯太黑，你太粗枝大叶，上厕所时注意路滑别再磕着了。”白眼儿接过手电筒，说：“我就喜欢这种礼物，实用！”现在的白眼儿躺在空荡荡的床上，握着手电筒，邹杨伸手一摸，她一脸泪痕。

女人独有的天真，和温柔的天分，要留给真爱你的人。

邹杨扶了扶眼镜，朝我呵呵一笑：“你说爱是缘分吗？不，爱是责任啊。”

那天晚上星星很亮，邹杨说每个人的心里都有一道伤痕，随着时间的延续会变成一道无足挂齿的伤疤，成为一个牵挂。遗憾并不可怕，只要你无怨无悔。或许不能彼此拥有，但有时爱美在无法永恒。

黑色幽默

▶ ‖

机遇分为时间和遇见，适时的遇见是爱恋，过时的遇见是孽缘。

◇

向磊有女朋友了，苏卉知道的。向磊对自己好像有点殷勤，苏卉也知道的。

苏卉刚来新公司不到一个星期，向磊作为她的带领导师，帮她安排座位，带她认识其他领导和同事，请她吃了中午饭。苏卉客气地说谢谢，向磊说："这是公司一对一辅导的安排，可以报销的，不客气。"

苏卉业务不熟悉，向磊一个一个为她解答。苏卉和技术同事沟通不顺畅，向磊在中间左右联络，团建的时候苏卉和向磊是一对男女羽毛球双打，苏卉技术不行拖后腿，向磊安慰她："没事没事，玩玩而已，不要较真。"随手送了她一张体育馆羽毛球场的券，说喜欢的话有空去玩。苏卉说自己一个人怎么打羽毛球，向磊说是吗，那我陪你去吧。

于是周末两个人带着球拍相约在球场，向磊让着她，打高球给她接，苏卉第一次觉得羽毛球是一项有趣的游戏。

苏卉在社交网络上写：公司的师哥人很好，喜欢这家新公司，希望能为它效劳。

◇

苏卉不太熟悉公司的报表格式，向磊绕着椅子教她，手扶上她的肩膀，小拇指碰到一下，向磊赶紧道歉，不好意思。可扶在她肩膀上的手却没有放下。

向磊的呼吸在耳边颤动，一字一句地讲这个怎么排，那个如何标注。苏卉心脏突突地跳，一个字也没听进去。

她打开社交网络，写了一句：遇见的时候心跳加快，就是所谓的多巴胺吗？

过了一会儿，她看到向磊的更新：机遇分为时间和遇见，适时的遇见是爱恋，过时的遇见是孽缘。

苏卉听别的同事说向磊早就有女朋友，有时加班太晚会来公司给向磊送吃的。

◇

茶水间里又遇见，苏卉正在打咖啡，咖啡机卡住了，苏卉手足无措不知道是放杯子在下面等着还是走开，如果走开，咖啡突然又流出来怎么办。

向磊看她在一边发呆，冲她笑笑，说："咖啡机又堵住了吧。杯子放这儿，等会儿我给你端过去。"

苏卉朝工位走去，不时回头看。向磊低头按按咖啡机这儿，又拍拍那儿，不一会儿就有咖啡流了出来，苏卉看到向磊嘴边弯起了一个好看的弧度。

叮一声，向磊的社交网络更新了：咖啡苦，你也苦。

苏卉把他设置成了特别关注，他每发一条都会有提醒。

苏卉写了一条：你是我不敢开口的秘密。

◇

一起工作时其他同事开玩笑，说："哎哟向磊，你这样子也不怕嫂子吃醋。"向磊哈哈大笑说："别胡说，人家苏卉还要找对象呢。"

苏卉赶紧接口："就是的，就是的，我哪敢跟嫂子抢向磊哥啊！"

苏卉等公交车回家，车上的情侣低着头说话，她想起他们今天凑在一起说一个项目，也是这样头挨着头，同事还开他们玩笑。打开手机，写了一句：如果能早点遇见，你会不会喜欢我?

苏卉一直刷新，向磊没有更新。

◇

加班到很晚，公司只剩下他们两人并肩而坐，面前的电脑屏幕闪烁着光。他们头顶的灯还亮着，但其他区域的灯已经关了。像是站立在舞台中央。向磊去饮水机接水，水声哗啦啦在空荡荡的办公室格外明显。苏卉抬起头，说了一句："向磊，我喜欢你。"

向磊望过来，说：“你说什么？”

苏卉笑笑：“我说你做的这个报价好像有问题。”

很晚才下班，向磊更新的社交网络上转发了一条别人的心情。那是经典《廊桥遗梦》的影评，说：“还好没有在一起，否则柴米油盐的爱情一定没有这么肝肠寸断。”苏卉一阵心酸，打开手机标注了一次想念，她说：“近在眼前，却远在天边。”

◇

周五下班，公司发了电影票，两张，苏卉没人陪。

一起走到公司门口，苏卉鼓起勇气张口准备问向磊有没有空，向磊一招手，苏卉看到了他的女朋友站在路边冲着他笑。

晚上向磊转发了一首歌，花儿乐队的《红线》。

苏卉正在夜跑，刚好听到这首，心下一乱，崴了脚。

她拍了自己肿得巨大的脚踝，说这下好，希望周一还能去上班。

很多人关切地问她，向磊没有。

◇

周一还是去上班了，一蹦一跳的。向磊说：“你怎么那么不小心，崴了脚。”苏卉反问：“你怎么知道？”向磊说：“一来就听同事提到了，来吧，我扶着你。”

向磊扶着她去食堂吃饭，又扶着她回来，吃饭的时候不断讲笑话逗她乐。她问你今天怎么这么多话。他说：“你脚崴了一定很疼，说几句笑话能缓解。”她哈哈大笑，心情好得哼了一天小曲。

向磊晚上发了条心情，说：心疼的感觉就像五杯威士忌，每个人体验程度不一样，无法感同身受。

她看了偷偷地笑。

◇

向磊辞职了。因为女友要到别的城市去发展，他决定跟随。

苏卉喝了五杯威士忌，麻麻晕晕的，她电话给向磊，一个女声接起，喂?

她吓了一跳，酒醒大半，慌慌张张挂掉了。

◇

几年后，向磊回到当初奋斗过的城市约同事们出来吃饭，大家都已在不同的岗位上有了新的发展。向磊和大家聊天侃地，问苏卉现在怎么样。苏卉说，挺好的。向磊问，结婚了吗？苏卉答，没有。

餐后续局KTV，向磊喝多了，站在走廊上问苏卉，当时是你给我打的电话吧，我睡着了，女朋友接的，你们说话了?

苏卉说，没有，我打错了。向磊笑了，说，你没打错，我知道。

俯着身子吻了下去。苏卉心里一痛，伸手扶住向磊的手，却突然推开了他。她摸到了他左手无名指上的凸起，是戒指。

◇

苏卉浑浑噩噩回到家，打开手机，发了最新的一条心情：

若干年后过去了，有一天你打开自己的社交网络，突然发现里面空空一片，没有生活没有记录没有过往没有食物，只剩下四个大字，自作多情。

至少还有你

女人现实，教会男人成长。

老林后来说："你当下的日子，是你自己有意无意的选择造成的，通俗点说就是活该。"这话我信，但我依然觉得他是条狗。你们有没有发现，"狗"这个字眼特别神奇，熟人说起亲密无间，生人说起臭不要脸。老林说那句的时候没有喝酒，他还说没人天生懂珍惜，反正早懂早好吧，至少还有你。

老林是个朋克。伪朋克，弹了十年琴，右手手臂纹身，花臂硬是做成了机械臂。上台激动的时候转过身去胡拨，更激动的时候在乐迷的叫喊声中脱裤子，人生信奉洒脱，处处留精但不留情。人人都猜他心里一定有段不可提的情殇，但他从未说过，喝多了倒头就睡，顶多哭丧着脸说今天身边又没有妞，久而久之变成了姑娘们过街喊打又爱不释手的流浪情人。

我和他认识几年，从他还在酒吧串场开始。他演出特别卖力，演完了笑自己天天唱口水歌，在大马路上嘲笑中国无摇滚。我说你给我唱首《至少还有你》吧，他骂我傻逼，就知道流行。我说你懂个屁，生活就是随大流，听歌就是听个响。

谁都不知道他到底有没有爱过，身边的姑娘天花乱坠，那时候所有姑娘都想抓住他的心，认定了他是越痴情越花心，越是他伤了一个又一个，却怎么也不懂收敛。

桃子只是众多姑娘中的一个，他带她来喝酒的时候，男性朋友投去暧昧的眼光，女性如我则一脸鄙夷。喝完散场，老林迅速地环着姑娘退去。我喝得有点多，开始满嘴对他骂骂咧咧，说他是个孙子，玩弄女人，下辈子定投胎为男并天生无法勃起无药可医。大鹏说我嘴欠，嚷嚷着要来扇我，我说你滚，一挥手不小心，路边烤串摊的矮桌子被我掀翻了，赶紧站起来赔礼道歉，赔钱了事儿。一堆人酒全醒了，踉踉跄跄要散场。大鹏跟我坐在路边抽烟说："你别骂老林，他是个好人。"

故事的开头绝对俗套，可总是这样的场景才能收下一个故事。

这世界痴男怨女太多，爱情故事简直就像秒播。来来回回不过是欺骗和背叛，听起来让人心寒。我说："大鹏你要是想说老林有过一段被伤害的过往所以导致他现在到处伤害别人，你就给我滚。"大鹏笑笑，说："你听我慢慢跟你讲。"

老林爱一个女人，十五年，或者更久。那女人也没骗他，两个人在一起的时候也是花前月下，花钱愈加。那姑娘就叫花儿，人长得也像朵花儿，和老林同岁。两个人一起读书，上学的时候因为疑似早恋，被学校封杀。家里帮花儿转了学，花儿也霸气，第二天背着书包照样来原学校上课，说是转学就吃安眠药。那个年代孩子搞叛逆吓坏家长，只好调了班级。从此一路读书再也没在一个班照过面儿，老林学理，花儿就学文。

大学毕业以后两人牵手，家里门清，但孩子大了，又家底熟，该说是完美的一对儿了。这个时候，老林开始玩摇滚，乐队崭露头角，被光环冲昏了头。花儿也挺他，默默加班，拼命工作，为的就是老林没演出的时候，两人也能在一起大花特花。当年年轻啊，觉得什么都是好的。

过了两年花儿大了，开始谈婚论嫁。一路顺风顺水，虽然说有些穷，但穷碍着什么啊，两人一起坐在路边吃西瓜都能笑得露出两排大门牙。花儿爱他，他也爱花儿。花儿有才情，又肯努力，虽然买不起房，但很快贷款买了辆车。半夜演出散场，花儿开着车帮老林把琴放进后备厢，哥儿几个羡慕啊，都说老林是人生赢家。

但日子过久了，哪有不腻的。腻的时候你怎么办，喝口醋都觉得腻。老林当时年轻又帅，心高气傲，从来不睁眼瞧台下咋呼的小姑娘。花儿一直对他很放心，即便知道有个琉璃一样的女孩儿追着老林巡演，全国巡演二十四站，站站在台下欢呼，大喊老林的名字，不管其他人怎么说。大鹏心碎了，说这姑娘叫的要是我就好了，绝对抱回家养一辈子。老林嗤之以鼻，说花儿才是天使，其他姑娘在他眼里都是屎。

琉璃姑娘心无杂念地追了老林两年，没追上，放弃了。有一次散场之后就想跟老林私下说一句话，老林去了，姑娘哭着问为什么。老林说你来晚了，我有主了。姑娘不依，说这辈子从没这么委屈，只想求老林抱一抱，整个一梨花带雨。老林心软了，说："那抱抱你就走吧，这辈子咱俩没戏了，下辈子你做我闺女吧。"这一说，完了，姑娘更来劲了，抱着老林不放手，整个一哭二闹三上吊的架势。世间的巧合就这么多，没有巧合哪有故事。花儿站在角落看见了这一幕，按理说应该是个感天动地的结局，结果花儿默默回家，老林瞎了，整晚没回去。

谁都不知道那天晚上到底发生了什么。第二天老林住院了，右臂骨折。大家都以为花儿会把他照顾得妥妥帖帖的，结果去医院看他，他一个人用左手提着吊瓶上厕所，右手打着石膏，在门口靠护士扶着。大鹏傻了，说花儿呢。老林说分了，这事儿别提了。出了院后就从此过上了浪荡的生活，身边的姑娘一个接一个没重样儿。

这个城市说来奇怪，想遇不见，就真的遇不见了。花儿就像人间蒸发了一样，再也没出现在老林的视线范围之内，连声响都没有。

我问大鹏："你不奇怪吗，为什么呢？老林这么坚贞不渝的男人，不是该和和美美最后生个女儿鞍前马后甜甜蜜蜜吗？怎么就变成了狗？"大鹏还是说我嘴欠，说他也是两年后才知道——他一直在找花儿，想为兄弟要个说法。找了两年，才打听到消息。花儿结婚了，跟一个华侨。喜帖发给了老林，老林当天晚上就在台上脱了裤子，说操他妈这个傻逼的世界。

那天晚上琉璃姑娘不知道是真醉还是假醉，倒在路上。老林不敢走，想着拖她去酒店后自己再走。出来就看到了花儿的车，笑着走上去却看到了车里别的男人的外衣。老林问花儿这是什么意思，花儿说姑娘不错，那么爱你，你何必呢。晴天霹雳得连原因都没有。花儿说她累了，这么多年你在家里连个衣服都没洗过，进门就睡，我不懂你的摇滚事业能坚持多久，但我想要一个家。老林傻了，说我娶你。花儿说钻戒呢，房子呢，我早就不是那个十八岁跟你一起逃学的姑娘了。老林再次傻了，这一傻就没缓过来。

车上三环的时候追尾了。因为老林失控了，他说你不能分手也不给个前兆，这么突然，我连个住的地方都没有。花儿调头就往回走，说你去住琉璃姑娘身旁吧，还有个暖被窝。老林伸手去拉方向盘，在撞上的最后一刻用右臂挡住了花儿前倾的身体。

出院后纹了个机械臂，说盖住疤。

你看这故事多肤浅，不过是女人现实，教会男人成长。但你用的方式太极端了，把男人教成了一个祸害人间的畸胎瘤。

后来的后来，就是顺风顺水的花儿和越来越乱的渣。不是所有人渣都有故事，不是有故事就有资格当人渣。不就是被耍了吗？这世界被耍的人多了，你被耍了就能顶着头衔当渣？再说，人家姑娘耍你了吗？你要是浪荡，试问天下哪个女人不心慌？

花儿离婚的消息在半夏的夜里传来，大鹏偷偷告诉我的时候，我瞄了一眼老林。谁都知道他知道，谁都不敢说。

他们没有重归于好，只是老林默默给花儿买了一条项链。半夜跑去人家家门口挂在扶手上，转身发短信，在楼道看到她拿进屋里才敢离开，嚷嚷贵，钻石的呢。我笑他孬，还爱就去说，别等死了再后悔。

没人死，这世界想死需要勇气。老林敢死，但他舍不得这世界愿意陪他睡的姑娘们。花儿决定出国不再回来了，坐上飞机才告诉老林。老林疯了，连滚带爬到机场，运气好，还真的没起飞。他当时就崩溃了，情绪失控被机场保安拿下，据说要多惨烈有多惨烈，一米八的大老爷们满脸泪痕要跟任何一个人打架，硬是冲出保安的层层追堵，还就真的，拦下了飞机。我说大鹏你放屁，机场安检那么多人，老林再大力士也不可能扛得住，人一个电棒就把你打晕了。大鹏说你不懂，男人崩溃的时候有种力量，谁都拦不住。后来老林还是在安检口被拦下，通过机组人员协调让花儿下了飞机，改签了机票。老林满脸泪痕求花儿别离开，从头再来，他说他愿意把他这辈子全部都给她。

花儿矫情地拿出烟，却发现没有火。她说老林啊，这么多年了，知道当年为什么离开你吗？老林说知道，有别人了，那人比我好比我稳定我不怪你，我现在都好了，我们重新开始好不好。老林生平第一次低三下四就差跪地磕头了。花儿揉揉眼睛也没揉出眼泪来，干瘪瘪地说："那么多年了，我上学的时候咱俩就互相喜欢，你高大帅气学习好，我一直追着你，跟着你叛逆，你青春期叛逆逃学我陪你，在校门口的柱子上撞到手臂淤青一个星期，你工作以后爱音乐，我支持你，默默帮你收拾一切烂摊子，我不图你什么，我爱你。那时候你写歌我写词，我多晦涩的句子你都能读出我对你的暧昧，后来我不写了，你也没发现，我是写不出来了。"老林一句话没说，外套已经不知道丢到那儿，穿着跨栏背心，喃喃道我现在都懂了，重复着一遍一遍说自己从来没有二心，这辈子只忠于你。花儿说来不及了，后来咱们无法沟通了，你天天顾着演出喝酒，写歌写曲。老林又急，说这都是他的错，冷落了她。花儿说不是冷落，是无法沟通了。比如你现在，根本不知道我在说什么。花儿走了。老林这次没什么大动静，跟以往一样，只是在三个月后的酒局上，意外地看到依旧是桃子陪在他身旁。

那天从机场回来，老林在家躺了一天，醒来桃子开门洗好了衣服。老林烦躁急了，在阳台上一根接一根地抽烟，抬头一看，机场丢掉的那件外套挂在了家里的晾衣竿上。哦，桃子就是当年的琉璃姑娘。故事还没有结束，不知道他们能不能善终，但老林懂了，两个人的步调和沟通有多重要。他周末在家拿着琴跟姑娘唱歌："如果全世界我也可以放弃，至少还有你，值得我去珍惜。"

这世界人来来往往，没有那么多激情高昂，你却错过了那么多东西。谁都迷惘过，可有些人瞄准了目标，这辈子都不会撒手，有些人错过了，这辈子都不会再回来了。我们吃了那么多苦，不过是学会了珍惜。

一个人的北京

▶ II ————•————

但你看，路这么宽，虽然不止你一个人在走，可幸福的终点始终向每个人开放。

上地铁前，我往嘴里塞了一颗枣，感觉自己最近有些气血不足，怕缺氧。下地铁时我真的不知道发生了什么，只是觉得门口挤的人太多了，我一定不能坐过站，不然要迟到了，就拼了命往门口凑。地铁一停，忽然刮来了一阵飓风，等清醒过来，我已经旋转了几个圈，立在了站台边。地铁轰隆隆开走了，而我，吞进了一颗枣核。

看着铁轨并行的地淹没在面前的坑里，咽了一口唾沫把枣核冲进胃里，愣神两秒，拔腿朝公司跑去，结果跑错了出口，又从地面绕过去，边跑边骂自己智障。

很奇怪，我不认识楼梯，尤其是大望路地铁站新光天地出口的这几层。每次上楼梯的时候都险些踩空，要停顿下来好好琢磨一番到底先抬右腿还是左腿，心情好的时候嘲笑自己小脑缺陷是上天给的恩赐，心情不好的时候咒骂修台阶的工程是不是故意误导我，更多时候没有心情，立马调整姿势朝上跑。

2013年我在新光天地后面的华贸商务楼上班，每天都要经过Prada，下班时被Chanel闪烁的橱窗亮瞎眼，从不停留，只怕赶不上地铁。圣诞节的时候总有情侣在这面墙旁边照相，我嗤之以鼻，心里想他们一定跟我一样，走都不敢走进去。Chanel的橱窗是一颗一颗闪烁的星星，哦，或者钻石，好吧，其实只是灯光而已。有时走过也会停下来抬头看看，星星没有Chanel闪，真的。不知道是不是雾霾的原因，抬头仔细找，也看不到几颗。

“你有多久没有看到漫天的繁星，城市夜晚虚伪的光明遮住你的眼睛。”

我不是来北京追梦的。如果你只是想用自己的梦想光明正大地赚钱，那梦想将被置于多么可笑的境地。大城市才不是梦的试金石，钞票如果够华丽，遮住的也不只是你的眼睛。

毕业那年我拿着厚厚的简历在西安找工作，运气不佳，两天未果。心一横，买了一张一星期后去北京的车票，我默念着，如果这星期内找到差不多的，就先待着。最后面试的是一家化妆品公司，做宣推，公司很漂亮，独占一层，格子间里飘出隐隐约约香水的味道。HR问了很多问题，让我拿笔写了一篇八百字的软文。她考量来考量去，捋捋刘海儿推推眼镜，清清嗓子对我说：“没有工作经验，实习期间一千三，转正后看你成绩。”她站在我面前，眼镜片挺厚，我侧脸望去能看到一圈一圈的度数痕迹，我动动鼻翼，礼貌地点点头，说回去考虑。

“我靠，一千三？能不能把我十块钱的简历还给我！”走出公司门我一路骂骂咧咧，踏上了开往北京的火车。

轰隆轰隆，带着一点不屑和满怀的不安，那时候谁知道这是命运之轴滚动出的节奏感。

所有的北漂都曾遇到过的几个问题：找工作大海捞针，哪儿哪儿都要人，不知道哪个公司更有钱途；找房子雾里看花，哪儿哪儿都出租，照片和实景比淘宝图片和买家秀差得还远；加班时间长到感叹资本剥削，下班时间早却无处可去。

我还好，一开始借住在朋友家里。二十楼上好风光，楼下是曾经被大雨淹没过的街道。黄昏时分的夕阳透过落地窗看到过几次，火红火红的晚霞，我和她坐在地板上数猫毛，安慰自己才刚来，总要有个过渡期，死皮赖脸在朋友家里。加班到十一点，在公交车站冻得腿抖，只为能将加班报销的那二十元车费收入囊中，第一个月看着手机上的短信提示，两千零九十九元的入账感叹自己还不如一千三去给化妆品写软文，在拥挤的公交车中欣喜自己个子够高抓得住最上面那根扶手，被人潮推搡得东倒西歪时，被咸猪手侵扰不知如何声张时，也想委屈地哭一嘴。

后来跟着中介看了无数间房，大多是合租，一家里能住五六户，男女交杂，安慰自己这不过是 low 版的爱情公寓，大家也一定和睦相处其乐融融。黑车司机把我的行李放在楼下甩手而去，好不容易搬好家，打扫得干干净净，出去一趟再回来，推门就看到一个惊喜，一小队蟑螂由大队长带领着匆匆四散逃窜。倒吸一口冷气，一面之缘的室友姑娘看到我吓绿的脸，翻了个白眼，“你怕蟑螂啊？

夏天才多呢。”我尴尬笑笑。看见蟑螂，我不怕不怕啦。住了三天，就差从十六楼跳下去。每个人都有一个死穴，昆虫就是我的死穴。不好意思，没能出现励志大逆转，没能长成一个一脚踩死一只还给它写墓志铭的坚强姑娘，我坐在床上大哭一场，赔了违约金，匆匆逃离。

一个人穷困潦倒又孤单寂寞时，容易依赖伴侣。我的男朋友用电动车载着我逃窜在偌大的北京城。他骑车特别狂，在堵车的浩劫里东逃西窜，一开始我怕死，公司给交的住房公积金我还没有取出来花掉，我不能死。后来我不担心了，死是死不了，被电动车摔下来三次，都是他安然无恙而我垂直坠落。

那时候的男朋友是北京人，他不 care 有多少钱可以花，因为他有房。一个不足 40 平方米的屋子，但是位于二环里，这有可能变成传家宝的一笔巨款让他对生活的满足感直线升高。而我每天加班，朝十晚不知，斗转星移间，我认识了很多人，他们够努力，欣欣向荣的氛围影响了我，我开始意识到身边的姑娘真的可以背 Prada，逐渐对男朋友的不上进怨气爆棚。

一起挨过穷这种感情基础，要么坚不可摧，要么一触即溃。我就想使劲使劲往前跑，可是你已经安于原地踏步，我催你，你纹丝不动，并在朝夕相处中厌恶我贪得无厌的所谓进取心。

2014 年刚过完年，我就从二环里不足 16 平方米的卧室中被扫地出门。刚从老家回来，在父老乡亲面前吹的一顿牛逼直接导致了我的身无分文。我提着行李箱走在北京凌晨的街道上，四面都是钢筋水泥的繁华，但没有我的家。

北漂三年，最怕行李箱的万向轮摩擦着地面时发出的哗啦声。北京的街上太多人拿着行李箱，浓厚的漂泊感夹杂着尘埃飘在空气里，勉强开了个房，我坐在椅子上对着镜子抽烟，没哭，苦思冥想自己怎会落得如此境地，抬头一看，四面都是墙，经济间没有窗。

“爱情这东西，你已经不再有勇气。情歌有多动听，你就有多怀疑。”

本命年的开场白就给了我致命一击，存款负一万多。同事热心的短信问我有没有问题时，我哗啦啦地忍不住泪流满面。失恋的打击不算什么，就是百思不得其解，相处这么久的时间里，我到底做了什么才能让你对我如此赶尽杀绝，眼里的怜惜还不如对着一个路人。

我也没有发愤图强，但孤独确实让人清醒。一位朋友准备离京，约出来喝酒，大家都举杯相见欢，互诉衷肠，连珠炮似的从北京的空气抱怨到北京的现实。生活太困苦，必须好好发泄。有一位开车的朋友喝 high 了也不管了，一杯接一杯。走出餐厅被寒风吹醒了一半，还好餐厅提供了代驾的电话。代驾大叔来的时候风尘仆仆，把折叠自行车塞进后备厢里。朋友家在北五环外，我们从东三环里出发。大叔特别热情，一路介绍北京的光景，还推荐了好多吃饭的地方。我拿出手机记他电话，说下次代驾还找你！可我没车。大叔哈哈地笑，说你们年轻人的世界可真有意思！路上一颠簸，后备厢的自行车“砰”一声，我问大叔，你骑自行车干什么啊？他笑笑说，太晚了，没车了，得骑车回去啊。我心一酸，这么远的路，这么冷的天气，你看多少人在为生活奔波，而你拽着失恋的绳，以为全世界只有自己一个人被扼住了喉咙。

“许多人来来去去，相聚又别离。也有人匆匆逃离，这一个人的北京！”

上学时老师和家长都最讨厌小聪明，公式就是要代入才能有答案，你从其他方向猜的就算小聪明。别人都走的路你要努力争第一，贪恋别处就是走捷径。我就是那个经常被骂抖机灵的孩子。

毕业以后我发现，小聪明只要用对地方也没有那么不堪，不达目的誓不罢休也不一定是贬义。我奔波在上下班四个小时的路上，由于地铁没有信号，只好下了一堆盗版正版的电子书来看，偶尔累得站不起来，直接坐在15号线的地板上，和另一车厢的一堆大叔隔空相望。他们坐着我也坐着，但我们都没有“座儿”。不同的是他们坐在自己尼龙袋子里装着的铺盖上，而我干脆坐在地上，却多多少少嗅出了一丝惺惺相惜的味道。

我就这么在四个小时的被迫业余时间里，看看写写，终于在四月的一天，得到了回音。编辑夸我有天赋，我哈哈地笑。天赋是什么呢？上天给的礼物吗？不不不，不是的，是你自己给自己的礼物。是你榨干自己后留下的血泪史，这背后走了多少弯路不可与外人道，所以你淡淡一笑，说，这都是天赋，与生俱来的。

我现在住在三环外一点，使劲眺望能看到广电大楼。湿衣服依旧无法被阳光晒干，因为没有阳台。楼上洗衣机溢水从天花板渗下来淹了厨房的微波炉，楼上姑娘的丝袜时常飘到我的窗台。我依旧跟家里人吹牛，说自己过着纸醉金迷的都市生活，其实加班到半夜，焦头烂额地接家里人电话时，却恨不得假装自己在维也纳度假。

但你看，路这么宽，虽然不止你一个人在走，可幸福的终点始终向每个人开放。别人肩挑重担，面带笑颜，而你忧心忡忡，仅仅是因为自己无法被晒干的衣服。

北京特别大，到现在我也不认识哪儿是哪儿。一不留神就会坐反向地铁。想起那段坐在地铁地上的日子，我就像个撒娇无路的惯犯。现在回头看，却只剩感谢那重重叠叠的四个小时，让我的阅读量有了质的飞跃。你走过的弯路，从来都不是白走的。

周末我坐在家里晒太阳，围着暖气，一口一个往嘴里塞枣，含着枣核冲舍友嚷嚷，一不小心又吞了一个，赶紧喝了一口手边的奶茶。大望路地铁站的人依旧多，不过走着走着，已经认清了出口，不会再轻易错过。

也许故事没有那么多失意，但柳暗花明的香味依旧最袭人。

北京，让我拥抱你，在晴朗的天气。

因为胖过

我们不得不承认，这个世界有时候最有用的不是甜美的上进，不是你喜欢他时为了他努力变得更好，而是你情深义重的人，对你藏不住的恶意。

裤裆磨烂这件事已经不是第一次发生了。

女性的两腿之间崇高又神秘，但胖女性的两腿之间只剩下摩擦起电和三番五次被磨破的牛仔裤裤裆。这事难以启齿的程度不亚于被人曝光内心深处的秘密，不，这就是个秘密。

我磨破过的裤裆可能比你穿过的裤子还多，这大概也是一种人生修行。是的，胖，就是一种修行。我们默不作声，我们低调晦涩，我们渴望隐藏在人群中永远不被发现，但没辙，打眼望去，你就是最胖的那一个。

是从什么时候开始胖的呢？记不得了，只知道体检时永远排在队伍的最后一行，体重的那一格后面被填的不是超重就是肥胖。买衣服永远站在男性专区挑挑拣拣，看着女性的号码经常怀疑这个世界怎么会有这么小的衣服，到底做给谁穿。外号被叫作猪已经是种尊称，不然就是狗熊、猩猩、河马、大象等体形壮硕的玩意儿。别人开玩笑时不知该摆什么表情，只好也跟着嘿嘿嘿地笑，露出一种胖子专有的憨劲儿。想编造出一万种理由，比如曾经生过重病吃过激素迅速催肥，可惜没有，身体健康能吃能喝，体重居高不下，无能为力。

既然胖了，就得接受这个事实，安慰自己还好这并不是一个不能改变的事实，没有一个瘦骨嶙峋的身体，但有一颗骨瘦如柴的心。为什么？因为胖子没人爱呗。

胖女孩，永远是替人写情书的那一位。她温暖可爱，因为她好说话。她温顺服帖，所以她总是漂亮姑娘的贴身好友。她从小替人写情书，写作业，和男生女生关系都好，老少大小通吃，因为她看上去人畜无害，毫无攻击性。她没得选，瘦女孩离群索居是个性张扬，胖女孩独自一人就成了古怪孤僻。软软的肉下藏着一颗支离破碎的心。

真的，别说什么胖女孩超级可爱啊，软乎乎的有种无限的呆萌啊，我相信你们口中说的这种呆萌软胖，根本就不胖。

什么叫胖？绝不是每天吱吱呀呀喊着自己太胖了需要减肥的那一群姑娘，真正的胖女孩从来不敢大肆炫耀要减肥这件事，怕引来更多的嘲笑和白眼。她们内心自卑又脆弱，希望这个世界上所有人都能忽视体重作祟带来的不堪，可没办法，你看，加大码的衣服和磨破过的牛仔裤裆瞬间就能让你无处遁形，你也许暗自偷偷下定决心甚至再也不吃东西，可惜没坚持多久，肚子上的肉软了又圆，圆了又软，就是怎么也下不去。

胖女孩有很多朋友，电影、书籍、零食、想象。因为有时她们离生活很近，有时又莫名有些遥远，她们和瘦姑娘貌合神离，就算有着同样的追求和喜好，有时也会被排除在外。世界对她们总是不太友好，有时又太过友好。这些来自肥胖星球的姑娘都有些顾影自怜，又自暴自弃，当食物成了唯一体贴入微的伙伴时，就也顾不得什么了，尽管饱腹涨肚之后会带来无限的绝望和哀伤，可吃起来的甜蜜像一剂罂粟一样迷人，多巴胺直接分泌出太多快乐，就是想吃啊，不吃怎么缓解肥胖带来的焦虑。于是越吃越多，越胖越焦虑，最后进入死循环。

胖女孩也有很多胖朋友，她们在谁都不嫌弃谁中惺惺相惜，似乎之中要是有人突然瘦下来就算背离了组织，也曾一起互相监督减肥，最后却总以互相影响而失败。肥胖是一件孤独的事，不管外界有多喧闹，你的肉总把你暗自隔绝开来，一边保护着你，一边像一堵坚实的城墙把你围在中央。

胖女孩对这个世界更宽容，因为她们觉得自己太卑微，但她们也更容易受刺激，像蚌壳中间那团柔弱的肉，被针一扎，就合起壳来再不愿打开。

胖女孩更加渴望爱情，因为她通常不敢说。或者她在遭人鄙夷中失败了太多次，变成她不能说。

我有一个胖朋友，曾经在一段时间内猛地瘦成了一个瘦朋友，后来也没有反弹。不过是因为她暗恋多年的男孩对其他女孩轻蔑地说了一句："那个谁啊，她那么胖，谁会喜欢她。"机缘巧合又毫无意外地辗转传入了她的耳中。我们不得不承认，这个世界有时候最有用的不是甜美的上进，不是你喜欢他时为了他努力变得更好，而是你情深义重的人，对你藏不住的恶意。这种恶意每天醒来都在督促着你，让你必须往前走，因为你稍不留神一回头，就会掉入不见天日的深渊，那种无以名状的悲愤居然以另外一种方式变成一种正能量，催促着你前进。回头想想，也算是造化弄人。后来她瘦成了一个美人儿，那个男孩回头又来讨好她，瘦朋友自是黯然一笑，带着她崭新的人生重新上路。她不会再像曾经胖时那样卑微讨好地喜欢一个男孩，也不会再受那种不能与旁人道的中伤和委屈。可惜那个男孩永远也不会懂，自己那样一句玩笑话怎么会伤她那么深，深到让她变成更妙的人。

胖女孩的心离这个世界有些远，大概脂肪太厚，直径距离就比其他人远了一些，她们总是看起来慢慢吞吞磨磨唧唧又迟迟钝钝的，其实她们非常敏感，只是被肉藏得有些深，她们不敢多表达，怕这一坨肉惹人嫌弃，又忍不住想多说两句换取一些和体积一样的存在感。这个世界透过这层肉，被赋予了更深刻的定义，她们在这层堡垒下只好努力修行自己，希望不能当花瓶只能当锅碗瓢盆的自己能尽量实用一些，不要被脂肪挡住太多出路，也希望有一天心碎时，那坨软肉下能有颗坚硬的心，能帮她再多承受一些。

胖过又瘦的人，提起肥胖，就像做了一场漫长的噩梦。醒来时只剩下大腿和屁股上的纹路像曾经受过伤的疤痕一样，不断提醒你只是个胖子。有时不得不感叹命运多舛现实多变，看脸的世界不容一丝质疑，但还好，在自己胖丑无助的岁月中，太多不含任何杂质的星星之火让人满怀期望。

我胖。从小就胖。现在不太胖了，偶尔还有人说瘦。减肥路漫漫其修远，像一场要跑一辈子的跨栏式马拉松，一鼓作气再而衰三而竭，走三步退两步是家常便饭，质的飞越往往伴随着天灾一样的痛苦，随便说两件吧。

高二有一年我一个星期轻了十多斤，因为青春叛逆钻牛角尖，遇到一些小事无限放大后想不通，内心抑郁，忽觉裤子越来越大，上秤时心里一惊，可能是被突然降下去的体重高兴着了，便又迅速涨了回来，并落下一个“病根”，之后心里再不爽，都不会对食物失去兴趣。

大二那年暑假轻了十多斤，纠结很久，左右徘徊依然无法避免失恋被甩，想来想去只好把气撒在自己一身的肥肉上。因为谈恋爱之后不但没有瘦，反而胖了一圈。偷偷吃减肥药，每天睡不着觉，醒来头昏眼花，蹲下再站起来几欲晕倒，年轻的身体被自己消耗一半，体重是掉了，但恢复之后，依然很快涨了回来。所以在这也顺便跟所有胖姑娘再次强调，千万不要吃减肥药，你用身体换来的，不过是一次狂欢后的落寞，之后吹气球般的反弹只会让你陷入无限的自责和难堪之中。

市面儿上能看到的减肥方法，除了过于昂贵的那些，我几乎都试过。什么针灸拔罐，什么七天减肥，什么二十一天，包括断食喝水，都试过。只能说这些让人眼花缭乱又吹嘘着极速见效的方法多半都是扯犊子，减掉的是体重，不是脂肪。不能说完全无效，短暂的上秤是挺高兴，一旦正常生活又呜呼哀哉。

后来也是在无数次的循环反复中，恍然大悟，减肥这事儿，真急不得。首先你得承认，其次你得接受。肥肉才是这世界最理性客观的东西，你付出多少，它便回报你多少。简而言之，还是少吃多运动。你这不废话吗？但没办法，这确实是这个世界上最有用的一句废话，当你努力按捺住自己忍不住想要吃的嘴，当你穿好跑鞋准备好一身的运动装备，你不可能不瘦。多么努力认真地做功课还有失算考不好的时候，而你少吃多动却一定会瘦，这其实是一笔很划算的买卖。

但是，很难。因为这世界上的所有事情都一样，开始可能很容易，坚持下去却很难。所以减肥成功的人总被称作“励志”，他们的自制力比普通人要强一些，毕竟，食色性也，食欲可是天性，你与天性为敌，自是牛掰闪闪。

但是胖女孩，请你不要害怕。肥胖是个纸老虎，你正视它时才能将它揭穿。你要做好和它终身奋战死磕到底的准备，它是怎样一天一天将你吞噬的，你就要一天一天让它还回来。切莫心急，小火慢炖才出好汤，人生不是这三五年，胜负难定，只要你不认输，只要你不服输，总有一天，一定会扳回一局。健康的人儿最美丽。

因为胖过，所以看这个世界时总爱带着放大镜，比旁人多了一丝矫情，感恩来之不易的瘦和健康的身体；因为胖过，所以面对别人时总多带了一丝担忧，怕挥之不去的自卑如影随形；因为胖过，所以凡事更想多加努力一分；因为胖过，所以更爱这个花繁叶茂的美好世界。

空卡路里
恋人

▶ ‖ ————————•————

不要这么小看绝望，当自己太弱小时，渴望被更广阔的胸怀接纳。她看着大海，觉得世界上没有比这更广阔的光芒了。

童璐坐在医院门口的石凳上，脚边黄色的银杏叶散落了一地，垂眼看去，是她最喜欢这个季节的一幕金黄。弯下腰捡了一片拿在手中，蓦地感受到屁股下面一凉，手一抖，掉了。

她低头去找，却怎么也找不到刚才那一片完整的大扇形。其他的都是零零碎碎挤在脚边，叶子大多裂开了一个口子，歪歪扭扭。她摸着小腹，残留余痛的手指在泄了气的肥肉上缓缓移动着，她居然有些庆幸，一定又要暴瘦了，上次就是这样的，感觉自己还混出经验来了。

“突然坐到深秋的石凳上，屁股是会被凉一下的。”上次听到这话，还是徐意燃在海边说的。

那是三年前了。

童璐的梦想是她在这个世界上最奢侈的拥有，因为别人高攀不起。她一直是这样一个自傲的女生，那时候大一拼命考进艺术学院却发现自己一头扎进茫茫人海，大家各有本事，她在小城市的闪光点瞬间被埋没，连同一起被埋没的，还有她的最后一丝自信。

没人明白，她一个女孩为什么要去设计一些别人都看不懂的实验作品，她喜欢用暗黑的色调拼接画面，擅长用奇怪的花草装点服装。她甚至用垃圾袋做了一顶礼帽，上面插满了干枯的枝丫。其他姑娘笑她小城市来的没见识，只懂一味模仿国外杂志，不懂格调没有情怀。她好不容易在学校遇见的好友也并不欣赏她的作品，甚至故作客观地将其说成垃圾。那段时间她还背负着全家人的希望和巨额的经济压力，她心灰意冷，在一次集体写生时的海边吹凉风，想跳下去一了百了。

不要这么小看绝望，当自己太弱小时，渴望被更广阔的胸怀接纳。她看着大海，觉得世界上没有比这更广阔的光芒了。

她要被大海吞噬，就可以一了百了。

“你穿得太少了，突然坐到石凳上，是会被凉一下的。”徐意燃不顾童璐的诧异，拽起她的手臂，把一条方巾铺在了石凳上。

“好了，坐吧。”

“你是……？”

早知道那天的一句招呼打出了几年的纠葛，童璐宁肯当时死在海里。她又低头看看脚下的一片金黄，继续寻找着那片被她弄丢的完美的扇形银杏叶。

“我叫徐意燃，是你们下半学期的新导师。”

“哦。”

“我看过你的设计，很有想法。你在用黑白凸显色调，用市井衬托希望。”

“……”

童璐抬头看着徐意燃的眼睛。他穿着卡其色的羊绒衫，虽然看似薄薄一层，但质感却是昂贵的体面；他嘴角挑起，是像银杏叶一样的小扇形，皎洁的牙齿露出透亮的光；离这么远，也能看到睫毛很长，瞳孔是棕色的，眼睛很大，垂下眼睑时能看到半扇圆弧的内双。

“你心里是不是很苦？吃块糖吧，你这个年纪的小女孩，就该咬着糖，你知道自己是在创作，你做出的可是这世界上原本没有的东西。很厉害的。给你。”

徐意燃递给她一根棒棒糖。

就是这根棒棒糖，让童璐甜了好几天。她隐隐约约觉得，她喜欢上了一个明白自己的人。

明白自己的人，当然就是用来爱的。

尤其是徐意燃的表态。

他放肆她的创作，她画什么都可以，设计什么都不会被诟病。做得差的被打回去重做时，徐意燃也会在她的作业后面写上一句鼓舞的话，有一次，他写道：“无中生有的东西不可以刻意，否则就真的成了无中生有”。她看着那句话笑，她想，她也懂他。

后来他们就睡在一起了。

醒来那天阳光正好，童璐突然觉得事情现实又恶俗，她趴在徐意燃的胸口说道："你知道吗，据说 ×× 系的 ×× 也和她的导师睡了，看来我们的爱情真是平凡又无趣。大家都是动物，放在这个位置上自会互相喜欢，毫无特例。"

徐意燃摸着她的头发，说："不是毫无特例，而是导师总会选择那个他最喜欢的。"

呵呵，最喜欢的。童璐此刻坐在医院门口的石凳上想发笑，她抬头看看医院门前人来人往，扯扯嘴角居然为了自己的不耻讪笑，这些愁眉苦脸的人无一不感受得到健康的珍贵吧，而她来到这里，居然是对生命的蔑视和不尊。她深吸了一口气，眼眶有些发红，又努力劝慰自己，没有办法，我这是最明智的选择，我养不起，不能养。对不起，你来得不是时候。

这是童璐第二次打胎了，第一次在一年前。那片完整的银杏叶终究是找不到了，只剩下满地支离破碎。要么被人踩了，要么干枯了，要么缺了个角，要么少了块心。

狗血的青春故事里才有打胎的桥段，为什么大家觉得狗血，一半原因是瞎编乱造，自己确实从未经历。而她童璐不一样，她就是特立独行，她是不一样的，她经历这些是理所当然，是承受，是感悟，是宿命给她的指点。

童璐想，她确实也不配拥有完整的，便站起身来放弃了寻找那片叶子，缓缓地朝公交车站走去。还没走到，就看到徐意燃的车子停在眼前。他匆匆忙忙下了车，也不管这儿能不能停，一把将童璐接进怀里。

童璐推开他，他又使劲拽她回来，来回了几次，尽管童璐一直挣扎来挣扎去，就像一根被甩进滚烫油锅里的油条，但终究还是软了下来，“哇”的一声号啕大哭。

徐意燃伸手去擦她的眼泪：“对不起，这都是我的错。”

不知道从什么时候开始，童璐就经常听到这句话。“对不起，这都是我的错。”哦，大概是从她发现徐意燃有未婚妻开始的那一刻吧。

碍于师生关系，他们没有公开恋情。其实童璐不算一个被骗的三儿，她在脱了衣服钻进徐意燃的被窝之前，就知道他有未婚妻。是徐意燃自己坦白的。他说她在国外进修，之后是否回国还是未知，但有承诺在先，所以他现在也无法承诺什么，只能坦白自己此刻真心实意，只是单纯怜惜。

童璐扭头走了。

从那以后，她吃不下睡不着，整个人快速消瘦了下去，每次专业课活动都有意无意地躲着徐意燃，宿舍同学谈起那个高高帅帅的导师也故意岔开话题，她时常在深夜流泪，觉得自己是一个无辜的贱货。为什么有了未婚妻还要表达爱意？如果没有那些暗示，童璐自认不会对一个有爱人的男人大动芳心。

在每个熬夜哭泣的第二天，她都发现徐意燃比她更老了一些。黑眼圈更重了，偶尔身上还有酒味。这些都统统被她收进了暗示的标签里。她不能往前走了，她再往前走一步，就即将是万劫不复的深渊。她知道的，但是她停在此地——也不过是命悬一线。

直到有一天，在画室的门口，她听到徐意燃和自己的旧导师聊天。他们站在大门外的走廊里抽烟，童璐站在窗口往下望。

旧导师谈起学生交接，提到了她的名字。他说童璐有天分，但是品性奇怪，东西不入流，要么很好，要么很糟，一秒制造作品一秒创造垃圾。徐意燃笑，说：“你错了，中庸或许是无能，上蹿下跳才是表现。”

哦，如若童璐今天听到这番话，她会知道这是一个导师对自己学生最基本的维护。但当时她觉得这是爱。徐意燃抽了一口烟，说，好的作品给懂的人看，我们教书太迂腐了，那些规矩或许应该在大学被废除。旧导师笑徐意燃太年轻，徐意燃也笑，他说：“年轻就是生命力啊，自己哪年轻得过那些学生。”

童璐等着徐意燃上楼，她看了他一眼，觉得他眼中似乎总有泪光。晚上回去突然看到徐意燃的 INS 发了一张校园秋色，配的文字是“走钢索的夹缝”。

童璐突然觉得，徐意燃内心是苦楚的。她穿起衣服，在自己 INS 上说：“饮鸩止渴又如何，你又怎能知道，我若此刻不喝，下一秒一样是死，渴死。”

横竖都是死，于是他们就这样成了一对默默无闻的狗男女。

一年恍然而过，童璐已经记不得上一个秋天有多少银杏叶被踩成了泥浆。她只知道这一年她有一幅作品获得了学校极大的赞赏，那一幅是她和徐意燃一起外出采风时画的。她一直在笑，他也是。

她几乎是时时刻刻感到坐立不安又极度兴奋的。她从来没有这么高产过，一幅一幅的画像流星一样从她笔尖落下，高兴的、颓败的、绝望的、忧伤的，都是一个背影。因为正面见不得光。

从那之后，童璐开始忽胖忽瘦。她总是吃零食，内心的不安全部靠薯片、爆米花、焦糖玛奇朵来补。但在第一次打胎后，她一下就瘦了二十斤。

那次她战战兢兢走进手术室，护士让她换了衣服在外面等待，她看到做完手术被推出来的人，她吓坏了，那是她第一次后悔自己的决不后悔。

她还记得她躺在手术台上，双腿被架高固定，她羞耻地看着旁边医生忙忙碌碌。医生问她："扎针了啊，一会儿就没意识了，疼吗？"她感受不到，喃喃地回答了一句："不疼。"然后没了意识。

不疼是假的。不怕也是假的。太害怕了，害怕到想哭。但她努力壮着胆子，对自己说，这是爱的代价。然后被护士推了出来，躺在床上休息。

那一次她跟徐意燃闹翻了，他们走在凌晨的大街上哭成一团。她问徐意燃，愿不愿意给她一个未来。徐意燃也哭了，他让她等他，就几年，等他未婚妻回来就分手——如果不回来的话，那自然是要分的。

徐意燃不愿意当那个负心汉，却也不知道总是要负一人的。

爱情是，被旺盛的荷尔蒙蒙住双目的人互相抱在一起，以为拥有了整个世界。童璐的世界在岌岌可危中摇摇欲坠，但她不能放手，她付出太多了，此刻若放手，什么都没了。

她一直在下注，为自己最后能赢回更多。

于是她第二次躺在了医院的手术台上。她知道，她不用担心减肥的问题了，她又要暴瘦了。她从未想过自己是个彻头彻尾的蠢货，因为真正的蠢货是不懂反省自己的。此刻她在徐意燃的副驾驶上吹着暖风，太累了，她昏昏欲睡。

童璐做了个梦，她又梦见第一次在海边和徐意燃的对话，她又梦见第一次作品得奖时，她站在学校最大的礼堂里上台领奖，闪光灯不断闪烁在她的面颊旁，她第一次感激上苍给了自己一副姣好的面容，她觉得自己的梦想似乎走上了实现的阶梯，对，感谢是他。她拿着奖杯对着麦克风说感谢自己的学校，感谢所有的老师，感谢自己的同学，感谢每一个帮助过自己的人，最后，感谢自己的导师。她拼命在人群中寻找徐意燃的脸，每个人都一晃而过，她就是找不到，直到最后，她看到了。她在万人瞩目的光辉里，眼底却只容得下他一个人。这是她拼了命也要守护的恋人，是她不顾世俗所有的目光也要在一起的恋人啊。

童璐恍恍惚惚回到了宿舍。

但这一次，体重没有如她的愿，她并没有因为身体的损伤瘦下去，反而越来越胖了。她有几天没有见到徐意燃了，她开始猜想，是不是徐意燃又和他未婚妻视频了，他们在说着什么呢？徐意燃是否也对另一个她这般温柔体贴，说好听的情话？徐意燃，徐意燃……她边想边往嘴里塞进甜食，她吃腻了，就吃两块麻辣的，辣了再换甜食，周而复始。

她想，很快自己就会身材彻底走形，到那时候，徐意燃还会爱她吗？

他们还是偷偷摸摸约会，又不言而喻地睡在一起。在短暂的欢愉过后，童璐体会到了巨大的失落。她用那些失落继续画画，直到有一次在宿舍因为体重总是居高不下，饿了几天导致血糖太低，从厕所蹲下再起来时竟晕倒了。

在医务室醒来时，她正在挂葡萄糖。她发现是一个不怎么记得的同学守在床边。她开口问：“你是……？”

“唐烨。我是你的……同班同学。”

童璐尴尬地笑笑，说：“不好意思，我健忘。”

“才女都这样，我知道。没事，你好好休息吧，我刚好路过你们宿舍楼下，就被喊上去背你过来了，别节食了，你不胖。”

“谢谢。”

童璐打开手机，她记得自己晕倒前一秒正在和徐意燃打电话。她开心极了，因为思念得到缓解的宽裕，所以她“噌”地站了起来，由于太猛才会晕倒。她奇怪自己为何没有一个未接来电。电话打过去，她问徐意燃：“我突然电话没声了，你怎么不回过来啊？”

徐意燃回答道：“你舍友给我回了，说你低血糖晕倒有人背你去医院了，她以为我们电话里是在说作业的事，你好些了吗？”

声音还是那个声音，温柔醇厚，但好像不是那个人了。

“你知道我晕倒了，为什么不来校医这儿看我？”

“你舍友告诉我没事了，我再去，怕有人说闲话。我不是为了我，是怕你名声不好。”

“哦，我休息了。”

童璐突然觉得困倦了，躺在床上睡了一觉。醒来在回宿舍的路上又遇见了唐烨，他拿着一本书送给童璐，是营养健康学方面的，告诉童璐不要再节食了，如果想减肥，这上面有的是方法。

童璐仰头看看他，翻了几页，道了谢，拿到宿舍读完了。

这是童璐大学的第四个秋天，满地银杏叶，她蹲下捡起一片，完整的弧形，漂亮的曲线就像当年徐意燃唇边的笑颜。

徐意燃又找了她几次，前两次依然是歇斯底里的，他们在一起哭泣，说着分手后各安天涯的嘱咐，后几次童璐都淡淡的，不哭也不闹。

徐意燃的未婚妻回来了，他们因为生活习惯已经有了差异而分手。徐意燃打电话给童璐，说璐璐回到我身边吧，我现在就能给你诺言。童璐挥挥手，不必了。

她再也不吃垃圾食品，就像再也不需要虚伪的安慰。她丢掉了那些颜色线条刻意的画。她终于明白，这些年，她为了画而画，她渴望成功，她希望认可，她急不可耐，她要速度和名誉，她要万人瞩目时只看着你一个，她要热泪盈眶的安慰，但这不是爱，而是虚荣。

就像她是为了爱而爱一样。

童璐抬头看看旁边一起写生的唐烨，她读到的那本书里，有一个名词，叫做“空卡路里”。是说那些快消食品，它们填补了你的热量需求，但是却没有带给你任何营养，让你只接受了一时的满足，却未能给身体供给，它催促你多吃，爱吃，然后让你跌入巨大的失落中，一无所获。你越着急，越暴饮暴食。

像一场暴力的爱情，绝望又虚伪。

如同那两年，她和徐意燃在大街上肆无忌惮地流眼泪，她每一次歇斯底里的绝望。她伤害了自己，亵渎了生命，她沉浸在大面积的黑暗色系里，她为每一次伤害欢呼雀跃后又重重坠落在地上，她以为那是爱的代价，却忘了，那其实也是蠢的结果。

现在，她长大了，接受了艺术的平庸，承认了自己的不足，撤，爱情的筹码，宣告选择的失败。

重新获得了健康。她合上色彩艳丽的画板，转头看了看唐烨，相视一笑。

这世界上本没有那么多偶遇，全靠其中一个人拼命撮合命运的垂怜。爱情中最让人悲伤的不是背叛，不是失望，不是契约的过季，不是心门的打烊，而是你明明知道自己爱错了人，却不肯承认，于是你继续加码，拼命付出，打着自己一无所求的旗号却不肯承认已经接到出局的宣告。你舍不得曾经的付出，拼命让步，越陷越深，每次歇斯底里过后都是空虚的回响，最后你发现，这一切，不过是自己愚钝一场。

哪有什么心有灵犀，只是互相看错一场而已。

空卡路里恋人，满足了一时的口腹之欲，最后也不过是狂欢落幕的一地狼藉。

童璐毕业了，没有当上艺术家，她开了一家花店，门口有一棵巨大的银杏树，每到深秋，金黄一地。她不再费力寻找那片完整的扇形，也不再伤感零落一地碾碎成泥的哀愁，而是明白银杏叶归心、肺经，功效可以活血化瘀，通络止痛。

女人不怕男人出轨，有时候硬着头皮也能原谅他的花心，只要自己心里还爱，就可以安慰自己。

二十一时

我爱你

▶ ⏸ ——————●——

最后时间到了，白马王子发现这个灰姑娘是个贪慕虚荣的冒牌货，水晶鞋是偷来的！骗来的！就是不是小矮人送来的，这个世界上哪有小矮人，只有想占你便宜的土大款。

女孩子之间的感情挺复杂的，有时候我爱你爱得天崩地裂，觉得你比范冰冰“女神”一万倍，做什么动作都风情万种值得钦佩，是女中豪杰，全天下男人谁不爱你就是瞎了眼睛。有时候我又烦你烦到退避三舍，你所经过的地方无不鬼哭狼嚎，你做作矫情“女汉子婊”，嘴贱毒舌装无辜，品味差得要死一身地摊货还要假装在纽约。我直言不讳说最近很烦你，你说彼此彼此最近别联络了。

她就是我最有个性的女朋友，陈咪。我对她又爱又恨，第一次见面她就说自己单名一个咪字，形容如猫咪般妩媚动人，又是女人身体最性感的一片净土，叫我咪咪，别说别的。边说边挑挑眉毛眨眨眼睛，抖动一下自己低胸吊带下马上就要跳出来的大白兔，她说她是破产姐妹里的 Max，机智聪明直来直往，热情活泼乐观积极，尤其是这一对大咪咪。

我说呸，你最像她的，应该是穷。

陈咪刚来北京，住在六环外的一个小隔间里，说是隔间，还不如说就是硬拆出来的一个阳台，离最近的始发地铁站还要坐三站公交车。她上班下班需要四五个小时，但她乐此不疲，拼了命加班，同事都喜欢她这种积极分子，因为她说，加呗，反正不加班也没事干。

几个回合下来，我跟她打成一片。因为我们都喜欢逛商场外面的地摊，随时交换的淘宝链接也是最便宜的所谓原单店铺，其实多半都是假货和残次品，我们背着这些高仿玩意儿走在街上，努力催眠自己说，东西好不好不重要，重要的是人气场足不足，只要气场足，你背着个 A 货人都以为是真的。我俩走在北京华丽的橱窗外，连装饰华贵一点的店铺都不敢踏足，直到有一天，她突然送了我一个香奈儿，说是真的不是 A 货，接着，她突然之间暴富了。

陈咪换了工作，出入三里屯附近最高档的写字楼，换了住处，在三环外一点点的一间单身公寓，明亮的落地窗和粉绒绒的地毯，她穿着底裤坐在上面，右手拿根烟，抽一口咳嗽一声，说："这地毯真他妈娘，不适合我英俊潇洒的外貌。"我看着她突然多出了好几个奢侈品包包，她把它们随意地扔在地上，用脚踢来踢去，她摇着高脚杯里面倒着可口可乐，她说红酒太难喝，还是可乐气泡卡喉咙的时候咕噜噜的有意思。她没说这一切是怎么回事，我知道朋友间知根知底不一定是好事，于是我也没问，直到有一天半夜她突然哭着给我打电话，问我能不能来家里借住一宿，我坐起来穿上衣服二话不说打车去接她，隐隐约约知道发生了什么不好的事情，千钧一发不能掉链子，出门在外就靠互相接济，她到我家咕噜噜喝了很多水，倒在床上装睡。

清晨起来她抖了抖她的大咪咪，胸罩也不穿坐在床上差我出去给她买早点。这个时候我烦都要烦死她了，搞得我们很亲近似的，其实也不过是无聊时候的互相陪伴，怎么就突然驾到来我家把我当起丫鬟使唤了呢？早餐买回来，她吃完，看着我哇地哭了。

那时候我才知道，陈咪最像 Max 的地方，是她有一对不靠谱的爹妈。

她妈是个赌徒，赌到什么程度呢？什么都敢拿去赌。陈咪从上大学开始各种打工兼职在超市一站一天挣几个零钱，都被她妈拿去赌了。刚开始听闻我有点匪夷所思，没有想到这个世界上还有这么不靠谱的母亲，直到她说了一句，我妈把我的下半生都给赌了。我吓坏了，以为她妈在牌桌上跟人承诺了她的婚事，她说那倒没有，就是赌输了兴起决定把她介绍给牌局上的大款当二奶。

犹如雷劈，我第一次知道这个世界上有这么不靠谱的妈。而她跟 Max 一样，根本不知道谁才是她爸。从小学到大学，她若不是靠着姥姥姥爷接济一点，估计早就辍学成了街上的女流氓，她深知只有读到大学才能离开家，没想到，血缘关系怎么能逃脱，虽然她曾经负气换过电话号码，直接人间蒸发，可她妈还是能从姥姥姥爷那里得知她的联系方式，她妈说养了她一辈子，她不懂知恩图报还想临阵逃脱，简直是不孝，是败类，是毫无道德，书都白读了。我听得起鸡皮疙瘩，摸着她的头发说：“你活到现在，真是不容易。”她说：“是啊，太不容易了！我没有上吊没有跳楼没有弑母还不算厚道?！”然后我俩吞咽着一口悲伤的早餐，笑倒在床上。

陈咪的暴富，就是她妈牌局上的那个大款给的。大款是个暴发户，四十有余，突然爆发青春心态，不仅没有对陈咪动手动脚，还摆出一副小伙子追女孩的少男心态，买鲜花，送礼物，甚至写贺卡。陈咪扔掉了鲜花，撕掉了贺卡，留下了礼物。她说人穷志短，就算人穷志不短，家里那只猛虎还等着肉喂，不能装得清高凛冽，既然我没偷没抢有人送，那我拿着换俩钱还能喂到老妈嘴里。我担心她在玩火，她看着我撇撇嘴，说，我没玩火，是火在玩我。

这不就玩出事儿了呗，大款彬彬有礼地和她一起吃完饭，送她回家时到楼下突然兽性大发，在车上就要办了她。她被压在身下喘息不得，混着大款刚吃完饭后浓重的口气无法呼吸，突然之间害怕了，她使劲蹬了一脚大款下体，夺门而逃，哆哆嗦嗦给我打电话，然后就有了后来的事。

她说自己真是惨，来北京这么长时间，危难时间竟然只有我的电话号码，看来做人需要一个备胎，在这个人人都是备胎的世界里，自己是土大款的小备胎，那么小备胎应该也有一个自己的备胎。那段时间我觉得她剑走偏锋，可能要从此走上不归路了，也不是没想过劝劝她，可转念一想，我要是有这么一个妈，可能早就走上了外围女郎的道路，陈咪不容易。每次看到她，我欲言又止，不知道该说什么，她送我的那个香奈儿包包我一次也没背过，总想着有一天说不定换点钱，说不定还给她，留着，万一就等一个万一。

可陈咪没有。她似乎从小习惯了游走在刀锋上的日子，她说第二天土大款就给她道歉了，十分诚恳地说自己有些冲动，希望获得她的原谅。这一原谅，就是又多付了一年的房租。我说她白长了这一对大咪咪，土大款居然只付个房租，怎么不买套房送给你。她说人说了要买，但我不能要，要是要了，等于卖身契了，如果是栋别墅可以考虑。

后来工作忙，一段时间没有见她，再后来快要过年，公司都放了假，临回家前我们约在一起唱 K，她带着一个斯斯文文的男生，黑框眼镜，白色衬衣，温文尔雅，满身都透露着他受过高等教育的气质。陈咪笑着介绍，这是我男朋友，许凡。

我把她拉到卫生间，询问她怎么回事，和那大款彻底说清楚了？她摇摇头，说没有，说不清楚。我问她那这许凡是你的备胎？她含含糊糊，一会儿嗯嗯啊啊，一会儿摇摇头坚定地说不是。我厌恶极了她这个自己便宜占尽还要装无辜的样子，我说我烦死你了，我怎么会有你这样的朋友，她眼泪汪汪看我一眼，说，你懂个屁。

又是这句，我突然之间就火了。我懂个屁。是啊，我怎么懂你穿梭在两个男人之间一边住着别人给你交房租的大公寓，一边和一个看似傻白甜的小鲜肉卿卿我我，我生气了，我们一段时间没有再联系。

后来我才知道，许凡是她英语私教课的老师。傍大款的同时陈咪不忘提升自己的能力，在公司表现不俗的同时为了对接更好的客户，给自己下了很多软性投资，她学穿衣打扮，学英语。许凡每周四天二十一点准时来她家给她补习，海归男生，家庭背景优良，说话柔声细语，做事讲逻辑，有对策，每次备课万无一失。陈咪进步很快，进步更快的是，她发现自己有点喜欢上了这个英语老师，但只是朦朦胧胧的，她那时候忙极了，拼命工作拼命学习，直到她生日那天，她自己都忘记了，刚好许凡来给她上课，提着一个蛋糕，他说 happy birthday。陈咪就哭了。

陈咪从小就没过过几次生日，唯有的几次零星的记忆，都是她妈催她以生日之名回姥姥家去要钱回来给她赌。她恨死了过生日，每次她努力推开从姥姥手里拿到的生日红包，推开了回家被妈妈骂，推不开转身就被妈妈拿去赌。她上大学以后就没有过过生日了，没人记得她的生日，只是请许凡上课的时候在培训中心的单子上填过，他就记住了。

不知道是蜡烛太暧昧，还是陈咪的泪眼太心碎，许凡当机立断向她表白并吻了她。陈咪知道自己这时候不该接受，可那么温柔的怀抱好像能把一个碎了的玻璃人儿拼合在一块儿，陈咪就想着歇歇吧，就歇成了现在这副模样。

她一面和大款周旋，说大款是自己老板，偶尔会送自己回家。一面和许凡恋爱，对大款说许凡是自己的英语老师，自己要上进多多学习充实生活。她的手机开始不敢开铃声，为此错过许多客户的电话，她无数次鼓起勇气要跟大款坦白，也无数次鼓起勇气要跟许凡坦白，但都无数次失败。大款的身影后面似乎是妈妈刻薄的脸，许凡的眸子太温柔。

我看着陈咪在刀刃上舞蹈，我劝她快刀斩乱麻，她推脱说年后再说，先过年，先过年。没想到这一过年，过出了个大乱子。许凡妄图缓解自己的思念之情，也想给她个惊喜，跑去她老家探望她。

她老家离北京很近，许凡到的时候她正和大款吃饭归来，她妈坐在后座，她坐在副驾驶。

多么滑稽的一幅画面，许凡提着水果捧着鲜花站在她家院门口，看着她和她妈从大款的车上下来，大款搭了她的肩，她皱皱眉头半推半就，回头看到了自己的正牌男友冻成了冰雕。

许凡转头就走，陈咪没有去追。她有什么资格去追呢？自己还怎么装冰清玉洁，事实就是他看到的这么不堪。她替母还债当然不是借口，她从来就不是许凡眼里那个积极上进拼命努力的好姑娘，而是一个游走在已婚大款周围的拜金女。她有一个嗜赌的妈，一个不知道在哪儿的爸，她怎么配得上出身清白一身正气的许凡。她知道她不能追，总该有这么一天的，只是时间的早晚和方式的好坏而已。这可能是最糟糕的方式了吧，让他目睹了自己的不堪，就是因为自己的不舍，本来可以好一点退场的，这次两人之间只剩下了狼狈。

陈咪没有哭，她说这一切都是她咎由自取，明明是个山寨货，还妄图换上包装就可以和身边的名牌平起平坐自由恋爱了，总有揭穿的一天，因为不敢坦白，只能被戳破。

回京以后她一直浑浑噩噩，从来不想未来的她开始担忧自己的明天是不是更加雾霾满天，这样不堪的过往和出身，这个世界上有谁能接受，有谁敢承担。她来我租住的地方喝酒，喝多了就说二十一点是她的一个梦，白马王子和灰姑娘一起吹蜡烛许生日愿，最后时间到了，白马王子发现这个灰姑娘是个贪慕虚荣的冒牌货，水晶鞋是偷来的！骗来的！就是不是小矮人送来的，这个世界上哪有小矮人，只有想占你便宜的土大款。

喝多了她要回家准备明天的工作内容，我放心不下，她执意要走，我送她上车扶她上楼，刚到楼下就看到一脸茫然的许凡。他的白衬衣有些皱了，头发乱糟糟的，嘴角的胡子没有刮，瘦了一圈，似乎一夜间从小鲜肉变成了风干腊肉。他从我手里接过陈咪，说了声谢谢，我开口想为陈咪解释什么，想想似乎越说越乱，就放手交给他了。

后来陈咪销声匿迹了一段时间，我打探她的消息，许凡回话说没事，该愈合的都在愈合，我把那个香奈儿包包快递给了许凡，许凡回消息说了声谢谢。

再见到陈咪时，她蹬着高跟鞋在办公室和我的领导谈项目，她嘴里中英文交杂眼神有种强撑的自信，我倒咖啡给她埋怨她不跟我联络，她瞪我一眼，说你们这种人，活得太幸福，我离你们远点，免得受刺激。我在一旁笑。

陈咪搬出了土大款给她租的房子，重新住到了五环外，房子虽然差点但安静干净，楼下全是散步的北京老爷子，陈咪提着菜篮儿去市场买菜，老爷子指指尽头的那家摊位，说，今天的猪肉，新鲜。

许凡买了戒指跟陈咪求婚，我们一大帮子人帮忙布置家里，想给她一个惊喜。什么气球丝带飞得到处都是，好像转瞬即逝的伤痛都已经不复存在，许凡单膝跪下说嫁给我，陈咪泪流满面，看着戒指不知该接不该接。我们以为她吓傻了，起哄嫁给他，嫁给他。陈咪颗颗眼泪滴在一对酥胸上，没有接戒指。

尴尬。

散不去的尴尬。

几个朋友赶紧扶许凡起身，打趣说陈咪不喜欢当众秀恩爱，这种事情要私下做，先吃饭，先吃饭。酒足饭饱，似乎有些不欢而散。陈咪赶走许凡，留我帮她收拾屋子。

一桌子狼藉我们谁都没动手，她坐在地板上抽烟，旁边放着那枚戒指。我说她不知好歹，她说："你不明白，我妈欠那大款一大笔钱，这笔钱我一个人还可以，该我的，可跟许凡有什么关系呢。他那么好，不能耽误他。"我奚落她道："这个时候知道人家好了，当年左右逢源的时候怎么没想到，把人家伤那么深，人家既往不咎，你还想怎样。"

陈咪揉揉眼睛，说："我不想怎样，我就是不想连累他。"原来过年时许凡在看到的那一刻就知道发生了什么，也知道陈咪一直说的老板是假的。许凡心灰意冷地回到北京，喝了很多酒，睡了几天，醒来后问自己，放得下吗，放不下。于是他又回到了陈咪老家，这次他找到了陈咪的姥姥姥爷。姥姥一把年纪，把陈咪从小怎么不容易，自己的女儿被男人骗生下了她，从此用赌博麻痹自己，如果陈咪做了什么对不起他的事情，让他不要责怪陈咪，她不容易。

于是许凡回来了，他要爱她，要为她负责，要把她从深渊里拯救出来。他要她断了和大款的联系，把礼物全部退回去，折现的部分他来补，他要她不要害怕，人生总要往前走，重新教她 move on 的定义。他说陈咪其实一点也不像 Max，Max 是积极乐观的，可陈咪其实是刻意地假装，有种破罐子破摔的绝望。

求婚不欢而散。陈咪把戒指放进了抽屉，依旧每天拼死拼活努力工作，想早日还完妈妈的欠款，直到姥姥病倒。

陈咪火急火燎赶回家，姥姥像一枚干枯了的树叶，静静躺在病床上。陈咪在这世界上唯一温暖的火光，是从小到大疼爱她宠她偷偷给她寄钱帮她开家长会赶走欺负她的男孩子的姥姥。姥姥握着她的手，说过年时那个男孩子来找过她，他是一个好孩子。姥姥说："咪啊，你不要对生活失去信心，虽然你妈妈被你爸爸骗了，可那与你无关，那些事情你扭转不了，你妈这辈子啊，是我没有管好她，在她当年大着肚子求助于我的时候赶她出家门，她对我有怨啊。可你就是你，你不要怕，不要怕。"

姥姥走了。陈咪第一次和母亲站在病房前抱头痛哭。

夜晚二十一点，我站在陈咪家窗边。

外面车水马龙，我问她："你妈呢，现在还赌吗？"

她说："赌。"

我又问她："以后打算怎么办？"

她说："走一步算一步，听姥姥的话，不要怕。"她扬起左手，无名指上闪烁着光芒。

这一刻，我觉得她真的像极了 Max。那个聪慧刻薄有些放荡彪悍又可爱但永远勇敢的姑娘。

后会无期

敬往事个屁酒，该敬的是那个勇敢的自己，那个遭受了所有失望和背叛后依然踌躇满志敢爱敢恨的自己。

“靠！他和我在一起几年，从没给我送过这么大的一把花。”

手机“哐噹”一声扔在桌上，屏幕上是前任现女友的微博。

我们几个老舍友面面相觑，谁也不敢接茬。

偷窥是种习性，我们最讨厌别人有事儿没事儿偷窥自己，时不时发条心情刻意说给对方听，因为通常情况下，吃不到葡萄说葡萄酸的人还时不时盯着葡萄的生长发育是种病。而谁想到，有时候自己就患上了这种病，却不愿承认那颗葡萄确实因为自己吃不到，而变得酸涩无比。

大米是我大学报到那天看见的第一位舍友，她很白，幽幽地坐在自己的床铺上，被学校发的蓝色床单衬托得像一片云，虽然没有棉麻裙子和帆布鞋，但整个人依然散发出一种与生俱来的“森女”气质，当然，只要她别说话。

后来不到一个星期，她家人就开着一水儿的豪车把她量床定制的被褥给送到了寝室，床单花花绿绿大片大片的卡通证明了她确实不是一个森女，而是一个“公举”。

我们混熟了以后我常说她有公主病，但她一口否定，说公主病是当不了公主还乱作妖的穷姑娘才有的病，她没有，因为她就是公主本人。

我承认她是公主，白皙的皮肤上一个毛孔都看不见，一头长发齐腰，乌黑浓密，身材前凸后翘，在体检的时候以最小围度获得全系第一腰的美名，举手投足有意无意散发出一种我很有钱但是我又很接地气的良好品质，原因是她和我们一堆五大三粗的姑娘在拥挤的食堂防止加塞，像拼命三郎一样抢夺一块酱饼的时候，她甩着本系第一腰的风姿，从不输给任何人。

“这些饼给你们，多吃点。”她拍拍我的肩，留下我们几个舍友目瞪口呆。

“这图的另一边是一张什么鬼？卡片？”我拿起大米的手机，端详了一下。左侧是一束巨大无比的花，无法细数，目测可能九十九朵？右侧是一张弱智的非主流留言，大意是一生一世永远在一起，酸得人后槽牙疼。什么年代了，怎么还有人用这种方式表达爱意？直接打钱不好吗？鲜花总会枯萎，金钱永放光芒。

“你懂个屁。”大米在我旁边坐下，“你忘了？当年我和他在一起的时候，花也没少送，只不过没有这么大把。”

大米和黎昕在一起的时候刚刚大二，黎昕是班里神龙见首不见尾的人物，一个学期下来大家几乎不知道他到底长得啥样子，大部分时间都窝在宿舍打游戏，偶尔出席时一身名牌闪得人睁不开眼，虽然那个年代我还不认识什么名牌，只知道看起来就很贵的样子。初春的季节刚刚有草莓上市，一大颗一大颗娇艳欲滴夺魂索魄，诱人程度和价格之高昂成正比，让穷学生望而却步。我们偷偷买上几颗视若珍宝，等着和舍友回来一起分享。结果第二天，黎昕买了整整一筐差人放在宿舍，意为贿赂我们几个随从直指女神心房。结果那天午后我们一起去洗澡，谁也没带宿舍门钥匙，那筐草莓独自在闷热向阳的宿舍待了几个小时，最终开门的时候因为挨得太近，已经有些开始溃烂了。我心疼地望着还没吃进嘴的草莓想哭，大米拿起来，潇洒地丢到了垃圾桶里。

第二天，又是一筐。大米一颗没吃，我们几个软弱的舍友三下五除二把它解决了。

人说不怕神一样的对手，只怕猪一样的队友。大概说的就是我们几个贪吃又骨头轻的舍友，吃人嘴软，我们开始变成了黎昕的说客，时不时在大米耳旁吹风。后来时间久了，两个人从慢慢接触的约会，自然而然地走在了一起。每次约会后，我们宿舍就会开起小会，因为他俩约会时吃不完的昂贵食物，大米统统打包回来。于是在熄灯后的宿舍里，我们点着蜡烛吃烤鸡的时刻比一起复习要多得多。大米慷慨地分享着她的甜蜜，我们几个则负责不断合着鸡翅骨吐出一些恭维黎昕的话，让这甜蜜更丰腴。

“当年要不是你们几个没出息的货，我也不至于跟他在一起。”大米边摆弄着手机，边对着我们讪讪地说道。

这我承认。多少恋情的开始主人公只是轻微试探，后来因为众人拾柴火焰高的撮合，莫名其妙就在一起了。那时候年少轻狂，不到二十岁又刚刚开始明目张胆恋爱的年纪，以为牵个手走到校外的大排档约个会就顺利跻身有过恋爱经历的一族，何况他俩走进的可不是大排档。我们喜欢的不是对方一生一世的承诺，而是别人投来羡慕的眼神，议论道，那个最出色的谁谁谁，就是应该跟谁谁谁在一起的呀。

但谁想到大米就陷进去了呢，早知道会这样，打死我也不吃那筐草莓。

大学那会儿除了大米，还有另一位女生惹人注目。她和大米不同，大米素颜穿匡威，校内网几乎不更新，是全系女同学的目标向往。而另一个她戴着美瞳，贴着假睫毛，蹬着高跟鞋，疯狂发自拍，成了校内女神，是校外男同学的意淫梦想。女生们酸酸地说，她卸妆的样子谁也没见过，还是喜欢大米这样阳光健康的模样，男生们的揣摩没人知道，但野花儿有时候就是比家花儿香。如果说大米是百合，那姑娘可能就是玫瑰，远远看去总让人觉得是一个外面带刺儿里面不知道是什么滋味的模样，女生公敌似乎总是更讨男人喜欢。

大米从来没把那姑娘放在心上，因为黎昕说了，他喜欢处女。大米是处女，那姑娘当时已经和男友在校外有了甜蜜一居，沸沸扬扬搞得全系都知道，大米一直觉得，那姑娘和她的小世界应该隔着两颗行星的距离，谁能想到，此时此刻，大米的手机上闪烁着的，就是人家的社交网络首页呢。

大米和黎昕一直在一起，偶尔吵架，大方向还是甜蜜的。临近毕业的时候，大米终于半推半就把第一次给了黎昕，两人约定两年后等黎昕留学回来就结婚。毕业旅行他们一起去了黎昕的家，黎昕的妈妈客气而周全，送给大米一堆礼物，大米沉浸在幸福的源泉里，故作无奈地说这回栽了，这辈子可能没有机会品尝别的男人了。

结果刚毕业第一年，黎昕就劈腿了。

黎昕说不能回来陪大米过情人节了，大米转眼就看到黎昕和那姑娘在情人节当天的合影被传上校内网。剧情弱智得连起伏都没有，大米没有兴师问罪，她等着黎昕自己来跟她说。结果就是说了，请求原谅，表示自己一时贪玩，想要一个挽回的机会。大米当天在家狂吃一盒巧克力，要用甜蜜的食物拯救自己苦涩的内心，说了一次不忠百次不容，一个月暴瘦十斤后，流着眼泪原谅了。

我们爱一个人的时候，常常突破自己的底线。像是一场士兵突击，我们拿着枪指着对方命门说你不要再往前了，你再往前面一步我就崩了你。结果对方流着泪一句话没说拼了命往前走，你不敢开枪，你不能开枪，你不舍得开枪，因为他奔跑的时候张开了双臂，你还在眷恋他臂弯里的温柔，你担心他死了后从此在这个世界上再也没有这样的体温，这是你辛辛苦苦花了几年时间才教他调整好的最舒服的弧度、最体贴的温柔、你相信只要你一闭眼，装不知道，忘记这场视死如归的战役，那一切都能回到从前，你愿意做一只把脑袋扎进土里的鸵鸟，只要他说他错了，对不起，一切都能恢复如往期。

但是故事里要是没了但是，哪有心酸的此时。

连因果转折都没有，黎昕再一次出轨了。

“呸，”大米假装吐了一口痰，“他说他只喜欢处女，他那时候和我说起，对她也是一脸的不屑，谁能想到，两个看对眼的人，哪怕对方是个鸡呢？”

字里行间都是怨。

女人不怕男人出轨，有时候硬着头皮也能原谅他的花心，只要自己心里还爱，就可以安慰自己，男人嘛，本性如此。但她没办法原谅你每次出轨都是同一个人，在这样的三角关系里，对方是一种赤裸裸的炫耀。她明知道他有女朋友，还一次一次跟他在一起，那就分明是没有把你放在眼里，她知道自己才是最后的胜者，你算什么，一朵白莲花，装装嫩，最后总会被三振出局。

大米受不了了，夹着尾巴仓皇逃跑。

毕业后的一年半，大米正式失恋。这段看起来没什么意外的恋情，果然也以没什么意外的方式结束了。没有什么惊天动地，无非就是一段长长的时光，两个人一起甜蜜地笑过，第一次出轨时的“情非得已”甚至一起抱头痛哭过，后来怎么就变了味儿，再后来，另一方突然变了心意，决定彻底背叛。大米傻了吧唧地站在原地，还以为“委曲”真的能换来“求全”的结局。

曾经说好一起奔向平庸幸福的现任，摇身一变成了面目可憎的前任。他曾带给你的快乐，全变成了此刻嘲笑自己的证据。大米平时接地气的性格不允许她干出不接地气的事情，于是她假装大无畏，从不在众人面前哭，该删除的全部删除，该拉黑的全部拉黑，绝口不提自己是怎么被劈腿，又怎么抛弃自尊选择原谅，结果再次，再再次被劈腿。她只是默默留下一个悄悄关注，因为她知道，就算她不悄悄关注，那个第三者的ID她也能铭记于心，于是还是不要假装云淡风轻了，干脆就把她留在悄悄关注里，谁说关注一个人就是向往就是喜欢呢？还有一种可能，那就是，我要亲眼看着你俩如何自己把自己作死，等你们分手的那一天，我一定放一挂鞭炮帮你们庆祝。

可是，庆祝的机会没来，嫉妒的心情却一浪接一浪。

毕业第四年，大米有了新的男朋友，他虽然家境一般，但温柔体贴，积极上进，一米八几的个子在大米面前乖得像一只羊，大米已经不再经常提起那段校园期间的傻事儿，只是偶尔，偶尔，还是会看到。

作为吃掉草莓的始作俑者，我们纷纷叹息。这回再相聚，是大米带着现任出席的饭局，随便聊起过往的傻气，说着说着就又绕回了那段过去。

我想劝她不要盯着别人的生活，但我知道，如果是我，我也看。那个“别人”，无论我怎样摆正心态，也无法变成事不关己的路人。也许不是因为还在意，只是带着一种无处诉说的委屈，等着看我们最终到底去往什么样的结局。

人不要犯贱，就会少了很多悲痛的来源。可有意无意想知道你的消息，就是犯贱吗？我举着一面大旗上面写着期待你傻逼的那一天，其实手心里害怕担忧的汗水却全是出自爱。是你背叛了我，怎么能说是我犯贱？我就是想看看，她到底哪里比我好，值得你鬼迷心窍，放弃了当年我的一片赤诚之心，我就是想看看，你用毁灭信任的代价，到底能支持你走多久。你们的恋情最好走得久一点，这样才不枉费我当年一身狼狈。你们的恋情最好死得快一点，因为我还在暗自祈祷，有一天你终会发现我比她好，但我已经投入别人的怀抱。

这一切都是失败者的一个假设。小三从来都只被道德鄙夷，如果说感情的世界里没有先来后到，不爱者即为三，那被背叛者，才是最惨的那一个。

大米就是。她翻着另一个她的社交网络首页，看着上面满满的秀恩爱，事情已经过去三年多了，她从一开始的默默崩溃，到现在的我不能说，就算已经忘记，可还是时不时地被针刺了一下。

“要是黎昕回来找你，你还会跟他走么？”我试探地问大米。大米瞪了我一眼，沉默片刻，说：“他不会回来了。”

“当年他牵着我的手走回他的家，他妈妈送我礼物的时候对我一脸的喜欢，说就喜欢我这样干干净净的姑娘。而他现在送着一大捧一大捧的花和曾经一样弱智的卡片，对着另一个人许下天长地久的承诺。”

说来说去，不过都是梦一场。你心痛的，你惦记的，你怀念的，你想说不敢说的，你独自矫情的，你不能和外人说，因为别人也不会懂你为何现在有男友在侧，还去怀念一个旧人，你从来没觉得他是个旧人，因为你知道你们的生活早已分道扬镳，你允许自己开小差，因为你知道他永远也不会回来了。

他不会回来了。

大米拿起桌上的手机，取消悄悄关注，抬头看了我们几个一眼："你们赶紧都收拾收拾心情，忘了当年草莓的事情，这顿饭我男朋友请，一会儿他来了别说漏了，我可不想我这个男朋友再变成下一个前任。"

现任喜宴的前奏，是前任的追悼会。因为前任已经走了，但老朋友还坐在这里，你们之间绕来绕去，都会说到前任的问题，但此刻的你必须亲手埋葬了和他的过往，让他死在你心里，才能迎接更好的未来。还会难过吗？只有一点点。还没忘记吗？没法忘记。

前任的他是你身体里的一个无用部件，却因为曾经有用过，刻在了你的记忆里。他突然罢工的那一天你会难受，不习惯，每一口呼吸都会牵扯地疼。但生活只能连轴滚向前，你一开始忍着疼慢慢走，后来发现可以走得快一点，直到在不断的插科打诨里，再次奔跑。

就让我最后一次，怀念你。再举杯时，就一饮而尽，你有你的天涯，我有我的牵挂。

敬往事个屁酒，该敬的是那个勇敢的自己，那个遭受了所有失望和背叛后依然踌躇满志敢爱敢恨的自己。敬我的公主朋友，大米。敬曾经死心塌地过的你，敬即将尘埃落地再也没有你的自己。

不会立定跳远的人

高跟鞋之所以优雅，是因为换上跑鞋后也能纵驰千里，它是一种协调和选择。如果有人只会穿高跟鞋，那也会变成一个遗憾吧？并不是要你全能，而是能屈能伸，渴望了解自己，愿意理解别人。

我不会立定跳远，这说来有些可笑，因为我怎么看都觉得像是一个体育特长生。个高、胸平，典型的运动规格。在我小学那几年还没有胖起来的时光里，每到运动会，所有人都会撺掇我报跳高跳远这样的项目。因为按比例来说，腿长的人具有先天的优势，人家还没迈步呢，你一条腿已经横在起跳线上了对不对？我挠着头嘿嘿哈哈："那啥，我脚受过伤，跳不了，跳不了。"

直到再大一点，我开始怀念让我报跳跃项目的同学们，因为初中以后，我就直接被规划在铅球、标枪那一栏了……当然，这是后话。我要说的，是我不会跳远这件奇怪的事，它让我很长一段时间都非常尴尬，觉得自己是一个被上帝抛弃的小孩，为什么大家都轻而易举能做到的事情，在我这里就变成了 bug。

双手向后再向前，半蹲着能给点助力，然后利用一个角度，带动身体，“哇！”跳！感受到瞬间的失重，就像鸟一样突然有了翅膀，然后稳稳下落，缓冲中可能需要再次往下蹲一点点，完成。这样简单的动作，我始终无法理解。无论有多少人给我示范，我都无言以对，后来在比赛或者测试的时候，我都只能以“曾受过伤”为由尴尬地掩饰过去……

唉，为什么你们总要试图让我做我不能不想不愿意也不会的事情呢？

那时候我安慰自己，不会立定跳远就不会呗，这有什么大不了的，反正又不是不会吃饭不会喝水，死不了。再说，反正我已经变成了一个胖子，反正没人会认为胖子能跳远的吧。

我停止了尝试选择放弃，愈加纵容自己，于是再也没有人提起这件事情，因为显而易见，胖子怎么能跳远呢，这不是故意的讽刺吗？

时间就这么碾压而过，离开校园以后不再有运动会，我心甘情愿变成了一个运动白痴，再有人无意提起时，我打趣着哈哈大笑：“什么跳远啊，无法理解，真的，根本无法理解。”

但人不能一直胖着，因为身材制约了很多事情的发展，初中以后我的体重开始过山车般上升和下降，我选择了一条在当时认为十分明智的捷径，那就是胖了就绝食，瘦了就继续吃，胖了再绝食。

我早就把立定跳远这种事情抛到了九霄云外，毕竟我是要穿高跟鞋的，这么优雅的姿态怎么能去跳远呢？简直像个蛤蟆。

就这样，毫不运动的我在绝食和狂吃、变瘦和复胖之间轮回了好几年，痛并快乐着。直到工作的第一年，我的体重又达到了吓人的程度，刚来北京时穿的很多裤子，现在连大腿根儿都提不到，我开始惶恐。那个时候我在一家网络公司上班，被当时的一位同事排挤，在这个到处都是外地人的北京，我被同事毫不犹豫地告知，你们外地人都是傻 ×。

那个时候我蒙了，那是我第一次面对因为籍贯不同而招致的排斥。年少轻狂的我拉黑了同事 QQ 和工作邮箱，拒绝跟他说一句话，有需要的沟通和合作都通过其他同事转达，我不管什么公司政治也不懂什么职场规则，反正我是傻 × 外地人啊，大不了我们闹到领导那里去，看看到底谁有理。

就这样过了一个礼拜，中间传话的另一位同事几近崩溃，领导出来调和。我在办公室没忍住，哭得像头被马强暴的驴。领导也是北京人，他劝我说都是刚毕业的年轻人，你要知道他还是个年轻的男孩，互相理解嘛。

是啊，要互相理解我同意，那他为什么不先来理解我，你们都是本地人，当然向着对方说话。我愤恨地想。

从那以后我开始对本地人和外地人有了一个不清不楚的划分，默默认为我们外地人更辛苦更难挨，应该互相取暖。直到有一次春运回来，我提着大包小包出火车站，看到很多人蹲在站外吃饭，塑料餐盒扔得到处都是，弥漫着一股臭味。打不到车的我又辗转去坐地铁，地铁上有位年轻的母亲带着自己的孩子在地上撒尿，出了站朋友刚接过行李，我就准备横穿马路，因为还要绕好远才到斑马线，我说没事儿啊，咱俩就搁这儿跨过去就行。

朋友是北京大妞，性格非常豪爽。那是她第一次跟我当场发飙，她说："就是你们这些外地人，破坏了北京的规矩。"那一刻我仿佛被针扎了一下，哦，原来她也是"排外"的。我挥挥手："原来你也看不上外地人啊？我就是累了。"朋友有些生气，娇嗔地打了我一下，翻了个白眼："你知道我没那意思，你不信？不然咱俩打个赌？"

这不是地域黑，也无关任何地域讨论，我只是好奇，偏见到底是怎么来的。于是那天我俩蹲在马路牙子上等着。果然，不一会儿，就有好几拨人从这儿往对面跨，显然这里是一个交通薄弱环节。

我有些不信，竖起耳朵听他们说话，没想到确实听到了各路方言。

在那一刻，我明白了有些事情有因才有果。朋友看我傻眼的样子反而劝我说："没事儿，这可能就是一个小概率，刚好让咱撞上了，不是说抽样调查的可信度不高么，你也别往心里去。"我笑笑看着她，道歉了两次，一道歉我不遵守交通规则，二道歉是我自己太狭隘，以为她也是排外分子中的一员。

那天以后，我再也没有横穿马路，做出任何越矩的事，但走在路上总是无意识地观察那些"不守规矩"的人。我惊讶地发现，其中真的很多都是外地人，他们当然不能代表全部，但着实刺眼。我很羞愧地跟朋友说这件事，朋友告诉我，其实很多人都不排外，大多排的是那些破坏我们家的人——所有的人，包括那些从来没有把这里当作家的本地人，他们肆意破坏，才令人厌恶。

什么是狭隘呢？大概就是把所有人贴上一样的标签，顺便也把自己贴上一个标签，囫囵吞枣然后妄图争取到没有理由的庇佑和一致对外的所谓团结吧。

太弱小了。

后来我由于职业发展离开了当时那家公司，也没来得及跟那位同事好好说道这件事情，我想现在几年过去，再提起那件事我们一定都会为自己曾经的年少妄为感到抱歉。这个世界有很多人，他们有着相似的属性没有错，但每个人都是独立的个体啊，有些你自以为不可被左右的“信仰”，其实只是偏激而已。因为你从来没有尝试过去理解，你自己不协调，还怪世界太僵硬，把无情都推给别人，只声嘶力竭表述自己的脆弱。

比如，我无法理解立定跳远，我不适合，我天生就不是跳远的人，我不属于它，我做不了……因为我试了，失败了，因为反正你们也都说我做不了。

就是这么简单，我就是不行！我才不愿意去绕弯路，我有捷径啊，就是迅速把自己划成某一类人。

直到我发现这个世界太大，玩法太多，每个人都是某一类人。我们需要适应和理解，更需要协调和判断，如果你不敢再尝试，那一叶障目就是必定的结局，因为是你自己先“排外”了自己，才会敏感到草木皆兵。

所以在二十五岁这一年，在无数次尝试之后，我终于学会了立定跳远。

手臂向下沉，再向上挥起，很自然地，带动身体，朝上跃。

最难的竟是你面对僵硬的水泥地板做心理建设的那一刻。

“我做不到，我可以。我不能理解，我想试试……”

还是很笨拙，像个被弹弓打到屁股的麻雀，奋力挣扎然后掉落在地，但学会了嘻嘻哈哈嘲笑自己，哦，原来也没那么难，只要你试着去做，就有理解的可能。所有的一切必将事出有因，偏见是因为你的眼睛只看到了保护自己，你从来没有想过去协调，还说一切都是别人的错。

高跟鞋之所以优雅，是因为换上跑鞋后也能纵驰千里，它是一种协调和选择。如果有人只会穿高跟鞋，那也会变成一个遗憾吧？并不是要你全能，而是能屈能伸，渴望了解自己，愿意理解别人。

这世界上哪有不会立定跳远的人呢？只有固执在原地，摔了一次就抱紧双臂拒绝再尝试的人吧。有些捷径其实是绕过大弯儿的远路假扮的，原来真正的捷径叫做理解后踏踏实实地练习啊。

来，比个跳远吗？

二百五十万分之一

▶ Ⅱ

根据生物学家统计，生物圈中已被记录在册的生物有二百五十余万种，但你信不信，爱情的种类比生物种类更加多。祝福你。

夏彤从床上坐起来的那一刻感受到了两个字，绝望。窗外是刚刚蒙蒙亮的天空，细看玻璃上有着一层薄雾，怕是昨夜下过雨了。高诚蒙蒙眬眬翻了个身，握住她的手，模模糊糊说道：“做梦啦？”

被高诚早晨刚醒的口气熏了一遭，夏彤也不好说什么，没张口，因为她知道自己早上刚醒的嘴巴也一定不怎么好闻。

夏彤抽出左手，握了握，手心全是汗。像是用力过猛，一口气跑到悬崖边好不容易停稳了脚，踉跄过后手臂都还没有恢复原位，却忽然来了一阵大风。真的站不稳了，试过了，力不从心。

又梦到蒋庆扬。毫无防备地，他就坐在会议室的位置上，端着茶杯朝夏彤似笑非笑地撇着嘴角，他喝了一口，袖口上的衬衫有点歪了，不温不火地说：“今年的茉莉花茶还不错，入口清香后味淡薄，像你。”

夏彤下床找水喝，高诚起来打开灯，怕她撞着家具。新家才装修过，因为经济的拮据，也不管现在的健康漆是否真的不用散味儿，就匆匆忙忙搬了进来。夏彤坐在马桶上，脑袋还是蒙的，怎么办，每晚几乎都会梦见他，要么是匆匆一个画面，要么根本没有他的出现，只是在危急关头，自己喊出了他的名字。

蒋庆扬，蒋庆扬。这三个字像是魔咒一般，自己在梦里喊出口时都吓了一跳，醒来更是满目惶恐，万一哪天脱口叫了出来，高诚听到了可怎么办？

夏彤低下头，长长的头发埋在指尖。高诚敲了敲门，温糯的语气隔着门传进来，“桌上给你切了一个苹果，早上起来血糖低，喝点水吃一口。”

夏彤更加绝望了。

她和高诚在一起六年了，这周房子刚刚落定，每月贷款虽然负担不重，但二十年贷款听起来也有点吓人。他们周末刚刚一起回了高诚老家，老人热情周到，不断往夏彤手里塞吃的，临行时更是给了一个大红包，所有的事情都尘埃落定，只剩结婚了。可是她，夏彤，整夜整夜梦到另一个男人，一个注定不会属于自己的男人。

她从来没想过能和蒋庆扬有什么结果，那就是昙花一现的暧昧，她心里清楚得很，何况蒋庆扬根本什么都没有说过，一切都是自己的瞎猜瞎想，她洗了把脸，看着镜子里自己的黑眼圈，人的意识到底能不能跟着理智走呢？她觉得可以的。她知道自己要什么。要安定，在这个人人自危的大城市立足。日子刚刚过得让身边同事羡慕万分，无微不至的恋人，即将成型的小家庭，她自己心里也是满意的，真的。可怎么就总是做梦呢？！可怎么就老是梦到那个不该梦的人呢？！可怎么就管不了自己不要梦，不要梦呢！

蒋庆扬是夏彤出差时候遇到的对方公司的高层，本来她一个普通策划是没有机会和甲方公司的高层直接对话的，可赶巧不巧，和她对接的工作人员，也是她的大学同寝兼好友小孟刚刚在她出差到来的那天病倒了，这一等，就等了三天。夏彤的公司是不报出差费用的，因为她自己选了成本自付但提成最高的那一个奖金核算制，她想反正公司报销费用也不能住好酒店，报不报销都是快捷酒店，可提成一下子低了好几个点，自己将就将就，只要项目能完成，这点钱不算什么。但一下子耽误三四天这种行程还是不在她预算范畴之内的，眼看一个星期都要过去，周末人家公司不上班，这左一耽误右一耽误，自己可承担不起，于是拿着资料就杀到了对方公司。

她坐在接待处等着，她想总不会是一个人病了，你公司就不运转了吧。终于，她等来了蒋庆扬。

如若时光能再次转动，夏彤不会贪图那一点点提成钱了，她要是知道这个人的出现给她的生活挖了这么大一个坑，她干脆就不想工作了。可是哪有那么多如若，该遇见的人，转多少个弯儿，你都得遇见。

蒋庆扬就是那样，穿着不用触摸就能看到的“贵衬衣”坐在会议室的另一头，温文尔雅地看着她笑，他说，“小姑娘，不好意思，工作人员请病假，这样吧，你直接跟我说一下你们的解决方案，因果不用赘述了，我都听着。”

夏彤心里咯噔一下，二十五岁以后，还是第一次有人喊她小姑娘。毕竟是工作场合，这个人未免也太随意了。再抬头一看，他三十多岁，有可能还要更老一些，但为人体面、衣着干净，眼神有种不容怀疑的坚定，白衬衣没有一丝褶皱，似乎和高诚每天早上起来用挂烫机熨来熨去的那种不一样，当然，后来她知道，因为蒋庆扬的衬衣是免熨烫的高级材质，只要挂起来就不会有一丝褶皱，一件的价格就顶了高诚几十件。夏彤清清嗓子，开始说方案。

蒋庆扬时不时点点头，提出一些小问题，夏彤都顺利地应付了过去。语声刚落，蒋庆扬突然说道：“小姑娘，这个方案不错，但执行公司仍旧需要你去协调。我知道你们的报价不包含这个，如果你能在一星期内协调好，这笔费用我直接付给你本人。你也知道，小孟的病假要耽误进度了。”

夏彤脑子里的算盘迅速打起来，这是一个要在夏天水上乐园完成的项目，现在已经是八月的尾声，等再晚一些暑假结束，水上乐园人烟寥寥的时候执行就来不及了。虽然她对当地并不熟悉，但毕竟入行几年，加上问一问小孟，自己再查一查应该不会有什么问题，这笔钱不走公司的话等于接了个私活儿，好事儿啊！她点点头，应了下来。

这下子，就要出差半个月了。

她回酒店给高诚去了电话，高诚叮嘱她晚上睡觉一定要拴好门口的链子，天气太热要多喝水，挂了电话她心里暖暖的。虽然在业务方面她早已经胜了高诚好几个指数，但高诚依旧当她是个小孩子，每次叮嘱都要从头说到尾，高诚除了挣钱少点，其他方面确实是个无可挑剔的男朋友。

夏彤火急火燎地执行了起来，她逐一筛选执行公司，力求性价比最高，因为她知道这些省下来的预算钱，这次都是真金白银省到自己兜里的。在水上乐园几个出口进口挂气球的预算她甚至直接砍掉了，她去过场地，觉得并不高，自己随便招几个临时工就能挂上。她是工作里出了名的拼命三郎，因为她知道，靠谁都不如靠自己。

布置场地那天，夏彤自己拿着气球噌噌噌地就往围栏的高处爬，她顶着大太阳半蹲在围栏顶头的边上，把气球往栏杆上系，一低头，就看到了从车里下来的蒋庆扬。

蒋庆扬还是不放心，亲自来看看。这一下车，就看到了横在半空撅着大屁股满脸汗水的夏彤。

夏彤尴尬地笑笑，扬了扬手里的气球。

蒋庆扬也没有伸手接她，就站在下面等着她自己一步一步爬下来。她双脚刚一落地，蒋庆扬毫不掩饰地笑了起来。

蒋庆扬不是没有见过拼命三郎，在工作上比夏彤拼的姑娘有很多，但像她这样一个人毫不顾及形象地在半空中撅个大屁股挂气球的，还是头一个。她下了地，拍拍裤子，扬扬手里的气球，说了一声，你看嘿，多可爱呀！她那有些愚钝的脸上露出了少女一样的向往之情，蒋庆扬觉得挺有意思，中午想请她吃顿饭。

问她想吃什么，她说，盒饭啊，中午给干活儿的大伙儿一块订了饭。蒋庆扬说不是，我中午请你吃。夏彤说不了，我要和大伙儿一块吃，不要搞特殊对待，在一起吃就挺好的。蒋庆扬说这你就错了，你不能和他们打成一片，你是上层，是领导，是监管，要有威慑力。夏彤冲着他哈哈大笑，说要什么威慑力，我不是上层也不是领导，更不是监管，我和他们一样是个干活儿的，你才是领导，行了你自己吃去吧，别弄脏了你的白衬衣。

平时的蒋庆扬在这个时候会说出一堆从商的道理，比如管理的距离，恩威并施的原则，可这时他突然不想去吃一道冷冰冰的西餐，于是也随手拿了一个盒饭，站在旁边看着夏彤蹲在地上大吃特吃。

夏彤吃饱，站了起来，回头看到蒋庆扬拿着一个盒饭不知从何下筷，大笑起来。“我说你一个老板，别体验民情了行吗？吃不下去就赶紧回去吧，你站在这里弄得大家都不敢放开吃了不是。”蒋庆扬的白衬衣上沾了一点菜汁，他瞟了一眼，突然抬起头来跟夏彤说：“嘿，我还真喜欢你这个小姑娘。”

我还真喜欢你这个小姑娘。

有多长时间没有人跟夏彤说过喜欢她了呢？好几年了。大概是高诚太过温柔体贴，每天下班都来接她，或者是高诚太过黏人了，只要不上班一定时时刻刻跟在夏彤身边，似乎是宣告土地占领权那般。身边不论是父母、同事还是八竿子打不着的老同学，都知道夏彤有一个对她非常好的男朋友，再也没人做出一点点越轨的事情，甚至连男女之间的玩笑都很少有人跟她开，她还没有变成少妇，但显然已经慢慢习惯了少妇该有的矜持和尺度，喜欢是什么？是高诚一个人才敢才能做出的事。

“我有男朋友了。”夏彤也开玩笑一般地回应道。

“哦，是吗？那跟你男朋友说声不好意思，我怎么看你这个灰头土脸的样子，就觉得那么喜欢呢。”

灰头土脸。是啊，夏彤已经灰头土脸了太多年了。为了努力拼工作，她很长时间没买过化妆品了，反正高诚也习惯了她素颜的样子，她顶多在偶尔见客户时涂上一点点唇彩，一般的脏活儿累活儿会场布置的活儿她都自己上，哪有时间打扮自己，再说，打扮了，会场尘土飞扬，还不得和成稀泥。

夏彤只感叹了一小会儿，下午的活儿还在手里，哪有这么多时间悲春伤秋。她突然觉得青春已经离她有点远了，上学时候偷偷在路边买一元钱一支口红涂得满嘴都是的日子已经想不太起来了，那时候她还笃定地认为自己的二十七八岁一定会是异常绚烂的，成熟知性的，拥有很多迷人的高跟鞋，坐在咖啡厅翻一本时尚杂志，既不像小女生那样莽莽撞撞，也不像老大妈那样家长里短，她把时间设定在了二十七八，是因为她觉得小城市出来混的女生太艰辛，给自己多几年的时间赚点钱，没想到，一晃眼，二十七八了，她还在这个围栏高处撅着屁股挂气球。

太阳有些刺眼，下午休息的空余，蒋庆扬差人给她送来了一个冰激凌。

她端着那个冰激凌碗儿，突然不知道自己的青春都去了哪里。毕业后就开始忙碌，顺理成章和自己的同事高诚谈恋爱，两个人一起工作了一段时间，夏彤就跳槽到了更大的公司，后来觉得大公司也没什么意思，又回到了小公司自己做项目，小公司是小，但是自由，不看过程，老板只要结果，项目完成拿提成，项目完不成没奖金，倒也轻松自在。而高诚一直待在那家公司不上不下地拿死工资，说要在一个公司站稳脚跟，就不要胡乱跳槽。她想着想着拿手在眼前晃了晃，仿佛就能驱散这些纷乱的思绪，管他呢，走一步算一步吧。

每晚高诚都会来电话，聊上几句匆匆收线，夏彤没空跟他家长里短，只想着项目结束拿钱走人，胡乱扯了个理由跟公司说还需要时间。

场地布置眼看就要完成了，执行公司还是出了个乱子。有一面需要喷绘的墙画得一塌糊涂，可偏偏又是深蓝色底，没那么容易重新上色重新绘制，夏彤看着眼前歪七扭八的人物形象和丑到无与伦比的字体彻底慌了神。她跟执行公司理论，说这画的什么玩意，跟我的示意图纸相差太远，太丑了，你们是怎么干活儿的。没想到公司振振有词，说你预算给的太低，这个价格怎么可能找到画得好的，照猫画虎就这样可以了。眼看时间就要来不及，夏彤手足无措，到处打电话想找一家更好的公司重新喷绘，可人来看了，说墙底色太重了，要么刮掉墙皮，要么重新刷新颜色上去覆盖，这么大一块，起码要三天。

三天！可是说好的交工就在明天了！模特档期敲的也是明天！怎么办怎么办！夏彤急得只想哭，胡乱给高诚打了一个电话，混混沌沌说完过程，问道怎么办怎么办，像是在问高诚，又像是自言自语。

高诚没有意识到事情的严重性，随口说你不要着急，很容易，三天时间就往后推一推，或者你好好跟甲方公司交代交代，说这是现下流行，就要做出“丑态美”。夏彤听到这个“丑态美”又想哭又想笑，说这画得还不如农村大字报，我怎么说得出“丑态美”仨字儿呢我！她给模特经纪公司打电话，档期无法后推，后面都安排得满满的。三天不可能再拖了，再拖下去挂上去的氢气球都要蔫了，等于所有布置要重新来过，这样一算，不仅不赚钱，眼看就要赔了。可喷绘墙太重要了，最后的合影、留念、模特的走秀、品牌的露出基本都要在这里完成，夏彤觉得完了，偷鸡不成蚀把米，想赚私活儿结果赔了！早知道就不该接这一笔，拿点奖金不就完了么！

她拿着电话一会儿拨给这个，一会儿拨给那个，站在喷绘墙前来回踱步，不知道如何是好。后来她想尽了一切办法发现走投无路时，终于鼓起勇气给蒋庆扬打了一个电话，她说，蒋总，我办砸了，时间要推后，费用我来补。蒋庆扬问她怎么了，她说喷绘墙太难看了，会影响整个效果。蒋庆扬说到底有多难看，你等着我来看看。

夜幕在即，天空出现了大片大片的火烧云。红色的夕阳将深蓝色的背景墙照得更加狰狞，蒋庆扬站在墙前哈哈大笑，张口就说:“这墙还不如我老家的‘少生孩子多种树’喷得好看啊。”夏彤一脸囧色，想到若不是因为自己贪，想多挣几个钱，也不至于找了这么一个价格低廉但太不靠谱的喷绘公司，更加羞愧得抬不起头。

蒋庆扬拍了拍她的肩膀，说：“没事儿啊，你也辛苦了一天了，赶紧回去休息吧，咱们时间不变，这个我来解决。”夏彤还想辩解什么，动了动嘴又什么都没说。蒋庆扬摸了摸她的脑袋，说：“你看看这一头的灰尘，这几天你也辛苦了，明天来现场玩玩吧，打扮得漂亮点，长得挺好看的一个小姑娘，怎么不懂打扮自己呢。上车吧，送你回去。”

忐忑地坐上车，一路想问他如何解决这面墙，话到嘴边，问不出口，只能用蚊子一样的声音说道：“蒋总，实在对不起，损失我这边担了，都是我粗心大意，给您添麻烦。”“你这边担了？这次销售额你负责？”夏彤噤声，负不起责，没法负责，她低下头，感觉自己人生中好像干了不少这样半吊子的事情。

上大学时想当社团主席，努力竞聘，当上以后觉得没意思，事事不负责全部丢给下面的同学，后被撤职，自己不太稀罕，但听到很多同学在背后说坏话，十分气愤差点大打出手，直到最后才发现还不是因为自己占了名额又太不负责。谈了几次无疾而终的恋爱都是因为谈着谈着就觉得没意思了，互相都没意思，和高诚在一起也觉得没意思，可她这个年纪，已经不再是随随便便觉得没意思就可以分道扬镳的时候了，爱情是什么，生活的奢侈品，先有了生活，再谈爱情，虽然没有风驰电掣的心动，可高诚没犯什么错，哪有什么资格说离开就离开呢。

好像想得太多了，夏彤醒醒神。回到酒店刚洗完澡，突然有人敲门。打开是蒋庆扬。夏彤有些蒙，她想该不是人情债肉偿吧，想到这儿骂自己思想肮脏，蒋庆扬怎么可能看上自己，开门的三秒里，她已经心猿意马想了一万种结果，心脏突突突跳个不停。蒋庆扬礼貌地笑笑，递给了她一套化妆品。再礼貌地笑笑，说：“小姑娘，一看你出门就急，一定没带化妆品，明天记得来现场，还需要你帮忙。好好打扮打扮，你挺漂亮的，就总是灰头土脸的。我走了，明天见。”

夏彤拿着化妆品低头一看，大牌。她从来没有用过这么好的牌子，为什么要送我化妆品？该不会是真的喜欢我吧？不会不会，怎么可能呢。那如果不喜欢我，何必说话这么有分寸，给我台阶下，还送我礼物？夏彤心花乱颤，随便跟高诚说了几句电话，匆匆收线，等着明天的活动开始。

活动是周六，夏彤赶到现场时发现那面喷绘墙被一层塑料膜喷绘盖住了。虽说效果不如人意，但总比直接露出来好看得多。且塑料膜的喷绘一看就是高手做的，底色浓淡适宜，刚刚好挡住那面墙，又不至于太突兀。夏彤在心里给蒋庆扬点了一个赞，看来姜还是老的辣，虽然可能没有提成白忙活一场，但总不至于搞坏了活动。

中午吃饭时高诚也来了，早餐时就火急火燎地打电话，果然是一到周末就追来了，说是不放心夏彤，一定要赶过来帮忙。帮什么忙，是不是不放心我其他的？夏彤第一次有了一些恼怒，觉得自己本来就碍手碍脚的，男友跟着来，就更碍手碍脚了。

一早上都没看到蒋庆扬，应该是去哪儿忙了。午饭匆匆过来招呼，看见夏彤今天一扫往日的尘埃，面色朝气蓬勃，笑着赞美化妆品，像昨日一样拍拍她的肩膀跟她说女孩子要多打扮才好看。

高诚一看不干了，挤过来跟蒋庆扬握手，说多谢蒋总照顾小彤，我是她男朋友高诚，顺手递过了一张名片。蒋庆扬笑了笑说：“你们先吃饭，周一交接了工作之后，夏小姐就大功告成了，多谢多谢。”

夏彤有点厌烦，今天蒋庆扬没有喊自己小姑娘，而是叫夏小姐。想必也是怕高诚误会，自己的男朋友怎么就这么小心眼呢，走哪儿都得看着，还怕我飞了不成。当天夜里，夏彤拒绝了和高诚亲热，推脱说自己太累了，要好好休息。

周一办完了交接，一切公事公办，项目结束，夏彤一查卡，多了好几万。蒋庆扬没有要她赔偿，还是把全部的款项打给了她。她有些不舍得回去，想和蒋庆扬再说几句话，蒋庆扬朝她笑笑，说来日方长，小姑娘要好好照顾自己，像她曾拒绝他一样，拒绝了她的吃饭邀请。

这是第一次相遇，没什么特殊的，像是一位有钱又有良心的老板帮助下属解决了问题，又没有克扣下属的辛苦钱，夏彤带着一点感激回到了自己的城市。要是硬要想出来点什么呢，可能就是那天傍晚的火烧云红彤彤地映在蒋庆扬的眸子里，他看着一脸惊惶的夏彤说，你别担心，这里交给我了。夏彤觉得这才是男人该有的担待，不像高诚，提什么神经兮兮的“丑态美”。

接下来就是忙忙碌碌的其他工作。回去以后，高诚的工作竟也顺风顺水地有了长进，工资和提成都一下子高了很多，两个人很快计划着买房结婚过踏实稳定的小日子。只是夏彤偶尔会想起蒋庆扬唇边的那一抹笑容，也就是想想，没什么别的。偶尔在朋友圈里互相点个赞，寒暄几句生活。

一个多月以后，蒋庆扬来夏彤的城市出差，顺道约了她出来吃饭。

夏彤从下午就开始在家里打扮化妆，拿着蒋庆扬送她的那套化妆品。她跟高诚说人家可是老板，以后业务上有得巴结，问高诚自己穿这套好不好看，那套好不好看，高诚一一敷衍着。最后好不容易挑好了一套，想想蒋庆扬什么没见过，就这样吧，这已经是自己能做到的极限了。

两人酒足饭饱后，一起坐在车的后座，蒋庆扬也喝了酒，于是叫了代驾，气氛有些尴尬，并不多说话，夏彤客气地问他生活如何，工作如何，有没有新的项目需要帮忙。蒋庆扬客气地回答，都还好，暂时没有，有了一定会叫你。

蒋庆扬出差也是半个月，两人只一起吃了一次饭，剩下没说过几句话。回到家后的夏彤依旧很兴奋，睡不着觉，想着蒋庆扬这次的白衬衣也很好看，伸手去衣柜里翻高诚的白衬衣，却突然从高诚外套的口袋里看到了他最近的项目进展表。一张折成四方形的表格，打开一看，来源公司全部是鹏扬商贸。这是蒋庆扬的公司。

夏彤心里咯噔一声。高诚知道蒋庆扬，却不知道蒋庆扬公司的名字。记得那次高诚给过蒋庆扬名片，原来最近高诚工作的步步高升都是蒋庆扬刻意给过来的项目。蒋庆扬说小姑娘家的不要太拼了，这么辛苦何必呢，青春就一次，应该好好享受。蒋庆扬说……

夏彤一夜无眠。

第二天夏彤给蒋庆扬去了电话，她站在酒店大堂里鼓起勇气，旁若无人地问蒋庆扬：“你是不是喜欢我？”蒋庆扬笑笑说：“是呀，那时候不都说了么，喜欢你这个小姑娘。”夏彤鼻子一酸，伸手抱住蒋庆扬。

蒋庆扬拍拍她的后背，在她耳旁温柔地说道：“我老婆在旁边可都看到了。”

夏彤一惊，赶紧撒手。侧头一看，果然有一名约莫和蒋庆扬一样年纪的妇女站在一边，穿着一身名牌，脸上的妆容却依旧挡不住眼角边的鱼尾纹。那位妇人并没有说什么，瞪了她一眼，拉着蒋庆扬走了。蒋庆扬回头冲她笑，不知道是善意还是嘲讽，他摇摇头，似乎是在安慰她。

是啊，他怎么可能是单身呢！夏彤嘲讽了自己一路，三四十岁，事业有成，怎么可能是单身？自己应该明明知道他不可能是单身的吧，自己早就猜到了，但为什么还想去抱一下呢？都怪他，莫名其妙献殷勤，为什么对自己那么好！可是人家说对你好了吗？没有啊。不过给了你男朋友几个项目，人家要是想要你，为什么要对你男朋友好呢？

一连串的问题让脑热的夏彤怎么也反应不过来。她不知道蒋庆扬到底是什么意思。究竟喜欢还是不喜欢，究竟是呵护还是玩笑，她搞不清楚，也按捺不住。

那一个拥抱把每个人都弄得十分尴尬，要说有什么吧，好像没什么。要说没什么吧，好像确实又有什么。下次该如何和他联系呢？还是干脆就不联系了？从那次尴尬的离别之后，夏彤开始整夜整夜地梦到蒋庆扬。正在夏彤情绪崩溃不知如何是好时，她的大学同寝兼好友小孟打电话给夏彤，说有个项目想一起干，是鹏扬商贸的项目，还是要找一个地面执行公司，很简单的展会但预算却不少，小孟可以自己偷着揽给熟悉的公司，可那个公司给的回扣太少了，小孟寻思着上次夏彤做的项目也不错，看能不能直接交给夏彤做。

夏彤一想，这是蒋庆扬公司的活儿，自己去挖一笔不太好。但又一想，自己不挖别人也会挖，何况这说不定能再和蒋庆扬联系上呢。她总是想要问问清楚，你是故意给高诚项目呢，还是无意的，自己是不是误会了什么，还是蒋庆扬确实有什么欲说还休的呢。因为他已经事业有成，有了爱人，还是仅仅只是对一个小姑娘的照顾？夏彤为人不爱欠别人的，要说，就得说清楚。

她匆匆忙忙收拾东西又来到了蒋庆扬的城市，高诚一开始是担忧的，但小孟亲自在微信上跟高诚说了，放心吧，这个项目夏彤是来帮我，钱绝对不会少了她。担心是担心，但夏彤坚持，高诚也不好说什么，叮嘱了几句，送她上了高铁。

两个城市距离其实不远，不过短短三个小时高铁而已。

到了宾馆，夏彤说想和小孟一起睡，叙叙旧。她们姐妹俩开了一间大床房，两个人在床上横躺着，仿佛回到了大学时光。

“我说孟啊，你们老板蒋庆扬是个什么人啊。”

话题绕来绕去，夏彤终于敢开口问了。

“什么什么人啊，资本家呗，聪明能干，善于用人，连我这种热衷吐槽老板的高能级选手，不也被他收拾得服服帖帖！”

“是吗？那他老婆是什么人啊？”

“老婆？不知道，阔太太吧，好像不工作，在家带孩子。”

“啊！他都有孩子了啊！”

“是啊，人家又不愁钱养孩子，你怎么这么多问题问他啊？莫非你嘿嘿嘿嘿……”

两人笑作一团，小孟一直起哄原来夏彤喜欢蒋庆扬，夏彤矢口否认，说没有的事，笑完了以后小孟警告夏彤，说蒋庆扬这个男人沾不得，他久经沙场，太知道女人要什么了，你别脑子一热就不知道东南西北了，别忘了，你要和高诚结婚了。

是啊，要结婚了。恋爱谈了好多年了，可能是时间长了平淡了？高诚的生活夏彤现在闭着眼睛都能想到，这会儿他可能是刚回到家，先打开空调，换上睡衣，给自己做一点简单的饭，大多是绿豆粥和一个鸡蛋，吃完应该会给夏彤来个电话或者发个消息，挂了之后就开始捧着一本食物科学或者买房之道看，有时候也会加加班，然后十点上床睡觉。太熟悉了，似乎他几时几刻走在哪里放一个屁她都能猜出来。

而蒋庆扬的呢，她一无所知。

项目进展得很顺利，夏彤拆东补西的能力一向很强，节约成本更是一流的棒。在这期间她只见过蒋庆扬一面，蒋庆扬在会场遇见她也不诧异，说了一句原来小孟请了你来合作，点点头就算照过面儿了。在项目即将结束时，流言蜚语却奇怪地在工人之间传了开来。

一开始是大家的眼神有点怪，后来是好像所有人跟她说话都有点暧昧，怎么说呢，夹杂着一丝丝鄙视和羡慕。夏彤觉得奇怪极了，直到小孟告诉她，很奇怪，现在公司有好多人说你是蒋庆扬的二奶，这项目不干不净，弄得我都不敢继续下去了。

夏彤怕小孟为难，主动提出退出项目。她坐在宾馆的窗边有一丝奇怪的感觉，说不上来，一开始是气愤的，到后来好像又没有那么气愤了。她在等着，等蒋庆扬过来给她一个交代。

没等来蒋庆扬，等来了蒋庆扬的老婆。

蒋太太趾高气扬地坐在咖啡桌的对面，夏彤自认不心虚，抬头直视对方并不胆怯。蒋太太没有问两人是什么关系，开门见山地说道："我希望你以后不要再来这个城市了。业务往来什么的，可以交给别人。听说你也有恋人，那个叫高诚的好像和我们公司有着很多项目合作，如果你还要继续留在这个地方，那这些合作看来也是不必了。"

夏彤心里咯噔一下。果然果然，高诚那些项目就是蒋庆扬故意给的对不对。他到底是为了什么？是不是想让我不要那么辛苦，何必绕那么大的弯子？夏彤不缓不急地说："我和蒋总只是纯粹的业务往来，如果让您误会了什么，不好意思，但您放心，我对他绝对没有什么私心。""是吗？那你在他的宾馆楼下抱住他？"一句话呛得夏彤不知如何回答，毕竟她也只是小门小户，从未插手过别人的感情，连大学时谈个恋爱发现男生和其他女孩暧昧就立马分道扬镳了，这阵仗她哪见过，何况，自己确实是在别人老婆面前主动对他投怀送抱了。

大抵不过是好自为之的一些话，蒋太太拎着手包走在回家的路上。这些年，她扫去的障碍太多了，她太明白星星之火可以燎原，一定要在苗头上将火扑灭，夏彤算什么，什么样的幺蛾子她没见过，她在蒋庆扬一文不名的时候嫁给他，可不是为了在他有了钱之后当一个弃妇的，她要主动出击，见一个，打压一个。

蒋庆扬一直在忙，直到接到夏彤的电话。

“蒋总您好，之前可能是我太莽撞了，不该跟您接触太密，您太太今天下午已经约我喝了茶并警告了我，咱俩之间有什么吗？没有吧？谢谢您上次没有扣我把喷绘墙弄得一塌糊涂的钱，就算两两抵消了吧。以后不要再联系，是我误会了。”

电话挂断那一刻夏彤突然感到了一种直觉性的心痛，他果然是不喜欢她的，是她误会了，否则他不会冷冷地说知道了，否则他不会就这样挂断电话连一句安慰的话都没有。那他到底为什么偷偷地帮她，真的只是因为心地善良吗？

蒋庆扬回家后阴着脸，他的老婆就是这样，丝毫不打招呼就去自觉主动地驱散他身边出现的每一次流言蜚语，他身边起码有五六个工作能力强的秘书就是这样被他老婆用莫名其妙的见一面给羞辱走的。也许妻子的没有安全感是自己的错，可是到底要怎样才能改变她鬼迷心窍自以为是保护家庭的做法呢？一直以来蒋庆扬都默许了，人可以再招，可是这么多人了，他内心还是十分恼怒的。

蒋太太看到蒋庆扬阴着脸不说话，自己也不说什么。她知道他肯定知道了，他要是阴着脸，这在某种程度上是不好的预兆，因为“无理取闹”是要碰运气的，如果他知道了却保持沉默，那证明他真的对那个她有一点点动心，这是心虚！

蒋太太越想越气，“怎么着，心虚了，还确实有点喜欢她是吧？没看着她有什么好啊，甚至看起来都不青春了，要找怎么着也得找一个二十出头的小姑娘吧？”

“你别胡闹了，本来好好的一个合作伙伴，人家不过是有个感激的拥抱，你不知道国外都是这样的？”

“什么国外！当着我面儿就敢抱，谁知道不当着我面儿干了点啥？你说！我都听说了你们公司都传开了！你说到底有没有！”

“没有！”

“还说没有，那你骂她一句骚货！我就信你没有！”

“不可理喻！”

蒋庆扬拿起衣服出门抽烟，他在一瞬间突然很生气，当年他刚刚毕业，穷小子一个，是妻子的父亲给了他一个机会，让他接触到了公司的重要项目，他知道妻子有意于自己，当年的她也是青春可人的，于是感激眷顾，顺理成家立业，几年后自己走得越来越高，可妻子怎么就越来越爱钻牛角尖了呢，无中生有的事情说得跟真的似的，就算有些喜欢，那也不过是对一个在外打拼的女孩子的赞赏罢了，毕竟妻子这样的“大家闺秀”，从毕业那天起就没有上过班了。越想越气，又突然想到白白让夏彤受了委屈，蒋庆扬掏出手机，给夏彤发了一条信息。

“你房间几号？”

“1201。”

夏彤结婚了。她和高诚拿着结婚证从民政局走出来的那一刻，心里突然轻松了很多。回到家她累得瘫软在床上，高诚在卫生间帮她洗前两天经期时不小心弄脏的内裤，她说你也不嫌脏。高诚笑了笑，说："你的，我不嫌。"

有时候她做梦还会梦见蒋庆扬，但她已经不再惊慌。因为那天她听到房间的门铃响时，心情忐忑激动，她似乎预感到好像是要发生什么了，但会发生什么呢，接受还是拒绝，她想不了那么多，也顾及不了那么多了，她只想一头扎进蒋庆扬的怀抱里，流着眼泪问他到底为什么要这么做，如果这也是喜欢的一种，那是不是只有千夫所指才能证明她自己也是心动的呢？

她深吸一口气，打开门，看到了高诚气喘吁吁地站在门口，手里拎着一包水果，咧开嘴问她："知道你最喜欢吃苹果了，下了班特意给你送来，饿吗？几天没见，我有点想你。"

蒋庆扬最终没有上楼去，因为他知道，有些事情开始了，就不能回头。

小孟被蒋庆扬辞退了，因为他发现夏彤是二奶的消息是她传出去的，只是为了多分点钱。

夏彤在朋友圈发了结婚证照片，蒋庆扬点了个赞，留了句言。

"根据生物学家统计，生物圈中已被记录在册的生物有二百五十余万种，但你信不信，爱情的种类比生物种类更加多。祝福你。"

夏彤会心一笑，抬头看看正在洗内裤的高诚，把蒋庆扬从好友列表里删除了。

我知道爱情比生物更多种多样，人是二百五十万分之一，你是，曾让我受了一点点委屈，那种爱意，叫离开你。

两个好朋友

▶ Ⅱ

他们喜欢的姑娘短暂停留在他们身边然后绝尘而去，那些年少时的梦想一个都没有实现。

我有两个朋友，性别男，性格此起彼伏。一个善于动手，一个善于动嘴。

男生打架都见过吧。像他俩这么打的，还真少见。飞刀一米八几的大个儿，拳拳砸在山鸡的大脑袋上，山鸡一声不吭，直到被打晕在地。倒地后，飞刀光速驮起山鸡跑到医务室，校医说没事儿，就是在太阳地里站得太久，中暑了。

妈的，飞刀抹抹嘴骂骂咧咧道，还以为我失手杀人了呢。

山鸡睁开眼，说你这种就会动手的蠢货，跟我耍小聪明，还真是学海无涯拳靠装。说完又昏睡了过去。

山鸡和飞刀是我的两个好朋友，我们相识于高一开学。我由于身高限制，只能坐在教室最后排的男生堆儿里，第一次听见他俩自报家门的时候我吓尿了，心想这学校虽然口碑不行但起码也是省重点，怎么跟进了洪兴似的。我哈哈哈一笑说那我是十三妹，山鸡乐得不行，大叫我妹姐，妹姐。

山鸡不叫山鸡，叫王跃山。据说他爹给他起名的时候盼着他跨越每一座高山，后来他迷上了古惑仔，硬要自己改名山鸡，他爸把他打了一顿，说你想好，名字里要带个鸡字？他想了想好像是有些不妥，于是就自己给自己送了外号。飞刀自然也不叫飞刀，叫李晓飞。每次听见大家都打岔叫他小李飞刀，叫着叫着就这么流传了下来。

他们从小就是穿一条裤子长大的，两人家里父母都在同一个单位，幼儿园开始在一起玩尿床，一堆沙子堆在一起上面插一根树枝，两个人轮流挖，最后谁把树枝挖倒谁就今晚尿床。树枝每次都是倒向飞刀，因为他手大。

手大就个儿高，高中的时候飞刀就已经一米八几，校篮球队中锋，你们知道的，有时候那些四肢发达的人，头脑都在学习上转不过弯儿，飞刀也是。每次考试都是我和山鸡不断地帮他递字条，他才勉强能及格。他俩从小就是好基友，高中以后为了作弊方便，古惑仔队伍里才加入了我。

我这种一米七五的平胸女孩，天生就能和男生拉帮结派。那时候山鸡和飞刀都有个梦想，就是当飞行员，他们说自由自在穿梭在云间的感觉实在是一个男人的毕生追求，我每次都跟着插科打诨，说飞刀还行，山鸡这小身板，估计没戏。

山鸡并不矮，就是瘦。瘦到一阵风都能把他刮到外太空直接当宇航员，也是所有女生羡慕的那种无论怎么吃都吃不胖的类型。

以前我们在一起打趣，说山鸡一定能破吉尼斯最瘦但脑袋最大纪录，是的，山鸡有个巨大无比的脑袋，可能是因为聪明。

他俩一进高中就开始逃学，不为什么，就为了装酷。飞刀驮着山鸡从学校操场的后墙跳过去，屡试不爽，逃掉的课有美术、音乐、地理、政治、语文。因为他们敲定了自己反正是要学理的。有一次逃学栽了是因为政治老师忽然兴起要临堂测试，那时候我们用小灵通，我作为内应迅速给他们发短信，结果信号太差，两人收到的时候那堂课已经下了。

屁滚尿流地跑回学校，因为同时双双拿零蛋而被抓了个正着。山鸡一人顶了所有罪责，因为他学习好。撒谎说跟飞刀在操场练篮球，谎言技巧太过低下，被老师拉着要去问当时上体育课的班级有没有见过这两张脸，于是被罚站整个下午一直到家长来领。

一起挨打过后的友谊往往更加坚定，山鸡和飞刀就是典范。但是男人嘛，什么事情能让他们打架呢。当然是，一个女人。

山鸡每堂课下来都要去9班的教室门口转悠，站在前排往里看，有时候偷偷瞄，有时候光明正大去借书，眼睛始终离不开第三排一个穿白衬衣的姑娘，这事儿大家都知道，但都假装不知道。后来有一天傍晚篮球队训练，山鸡买了瓶水往操场跑，还没跑到，水就洒了一地。因为这个白衣姑娘手里拿着同一瓶水递给了飞刀。光照太强，山鸡眯起了眼。

时光荏苒，山鸡对姑娘闭口不提。直到高考结束后的那个下午，我们三个人坐在网吧门口吃鸭脖，山鸡说以后去网吧再也不用偷偷摸摸咯，飞刀说以后谈恋爱也不用偷偷摸摸了。一颗心卡到了嗓子眼，飞刀喃喃地说："对不起。"山鸡哈哈大笑，说："什么对不起。"我扭头去瞄山鸡，感觉有泪光在眼角闪烁，山鸡接着说："今天这鸭脖实在是太辣了。"

我们没有上同一所大学，飞刀和小白也没有。小白就是那个白衬衣姑娘。但我们都在一个城市，不常见面。上了大学以后我就玩疯了，很少和他们联系。只是偶尔大家出来聚聚，每次飞刀都领着小白，由于有姑娘在，我们三个的荤段子也收敛了很多，是的，我在他们眼里并不算姑娘。

飞刀对小白好极了，无论什么天气，小白想吃什么，拔腿就去买，买了就往小白学校送。又一次大热天，小白要吃当时很火的一个旋转冰激凌，飞刀拎着隔温饭盒在宿舍下面等她，小白午睡下楼以后冰激凌化了，飞刀说你先拿着，在这等我，我再去买。又骑着车穿越大半个城市去买，披星戴月地再回来时，小白拿着冰激凌吃了一口就说要上楼分给宿舍众人一起品尝，会没约成，独成了跑腿儿将，飞刀也不气，笑呵呵得像得了篮球冠军。

日新月异，斗转星移。谁想到后来山鸡在不知不觉中就挖了飞刀的墙角呢，虽说兔子不吃窝边草，但不代表兔子不惦记着。上了大学以后，山鸡每天晚上跟小白发短信，然后把两人的聊天记录用精致又文艺的一个小本子一笔一划抄写成了一本精美的笔记，据说还因此特意练了小楷。一本笔记，瞬间掀动了野火燎原。小白觉得飞刀太过大男人，不细心，什么事都不考虑她的想法，而山鸡就温柔体贴，从抄短信这个做法上就似情深深雨蒙蒙般的润物细无声，女人如水，不仅需要瓶装，还需要呵护，既然木已成舟，小白点点头，说坏人她不做，要山鸡去说明一切。

山鸡做贼心虚，又想炫耀又战战兢兢，他本着三人行的伟大战略，决定先拉拢我作为内应。我接到电话的时候就知道，完了。飞刀一米八几，这绿帽子得戴得多高，还是自己兄弟亲手为之，谁能接受。我问山鸡，你是不是玩真的。山鸡信誓旦旦，在电话那头举起右手发誓道，至死不渝。虽然我看不到，但通过他笃定的口吻，依然猜到了他右手举得笔直，就像当年进少先队宣言一样。我说，那你赶紧坦白承认，飞刀或许会选择成全你们这对狗男女。

我们四个人约在城郊大学生的小巷子里吃饭，点了几个菜，叫了几瓶啤酒。飞刀进门时还去牵小白的手，小白挣脱了。飞刀纳闷地看了一眼，也没想太多。酒过三巡，我对山鸡使了个眼色，拉着小白去厕所。再回来时，他们收拾好了东西说单买了，回学校吧。飞刀很沉稳，一句话都没说。

山鸡说，坦白了，交代了，飞刀说祝我们幸福。

于是第二天，山鸡就被飞刀打进了医务室。

山鸡昏倒之前，用已经开始肿了的眼睛盯着高高在上、阳光被他一分为二的飞刀说："朋友一生一起走，我的妞你拿不走。"

小白从饭盒里掏出煮熟的鸡蛋，余温袅袅，她雪白的胳膊露着年轻的气息，纤纤玉指握着鸡蛋在山鸡的眼睛旁滚来滚去，滚完用嘴吹一吹，乌黑的眸子里全是温柔。飞刀坐在一边，像黑社会大哥一样说，这事儿了了。想了想又像灵魂判官似的补了一句，你们从现在开始可以幸福了。

好事好像都不会长久多久，偷来的甜蜜还是偷的时候更甜蜜，光明正大以后就走入了死循环。山鸡和小白的恋爱也并不顺利，抄短信这事儿总不能抄一辈子，后来山鸡不练小楷了，再也没有买过一个文艺范的笔记本，每天忙着画图做毕业设计，他说要找个好工作，这样以后才养得起家。两个人的学校不在一起，从手机铃声越来越少开始，好像别的东西也越来越缥缈了，但他自己并未知晓，依然每晚坚持发一句晚安。

我和飞刀两个单身汉学的是同一个专业，我们为了共同拼凑出毕业设计，经常在一起互通有无，不同学校的论文抄起来比较自认无压力，我们坐在肯德基蹭免费的空调，然后抱着其他学长的毕设准备合理搬运，飞刀一抬头，从明净的窗户外面看到了小白。

小白还是那个小白，婀娜漂亮，她坐着别人的单车，搂着别人的腰。男生看起来比飞刀和山鸡两个人加起来都明媚，频频回头和她逗乐着什么，小白的裙角飞起来，飘啊飘啊。飞刀说："怎么不卷进车轱辘里。"我扭头一看，还真是她。我说："兄弟你忒刻薄了啊，心里倒是有多么酸楚啊。"他不屑地一笑，说："我不酸楚啊，她现在又不是我女朋友，劈腿也不劈一法拉利，自行车算是怎么回事儿啊。"我说飞刀："胡说，人坐一单车怎么就是劈腿了呢。"飞刀说："你等着吧，山鸡的好日子要到头了。"

最后那句话不知道是对曾挖自己墙脚的朋友的幸灾乐祸还是对即将走上自己老路的朋友的无奈叹惋。果真，上交毕设之后一个月，山鸡找到我们喝酒，对我们说他和小白掰了，和平分手，小白毕业要出国，他们彼此都觉得异国恋是一道跨不过去的坎，与其互相耽误浪费时间，不如留在最美的时候戛然而止，山鸡喝了一杯又一杯，说今朝有酒今朝醉，他日纷飞莫追悔。我看他眼里满满的不舍，最后醉倒在了桌子下面。飞刀背他回宿舍，背了一半山鸡太重，我们停在路边休息。

我俩把他放在马路牙子旁边，他枕着飞刀的腿睡得哈喇子直流。路上很安静，偶尔一两个行人都是饭局散后醉得七荤八素的大学新生。飞刀说，你看，当年我们也是这个样子，喝多了，我送小白回学校，小白倚着我的肩，说有我可真幸福。不过短短几年，物是人非。

飞刀告诉我，那次肯德基窗外掠影之后，他为了确认小白再次劈腿，开始跟踪她，未曾料想发现了一个大事故，之所以说是事故，是因为事情比他想象得复杂多了。

小白跟单车少年约会一个星期两次，有时候是骑单车，有时候是开卡宴。有时候是电影院，有时候是五星酒店。就在一次小白只身从酒店出来的时候，飞刀拦住了她。

风花雪月的事情呀，年轻时干起来总是那么轻浮，原因也有些好笑。不过是青梅竹马的少年失恋又失意，暗恋多年的少女因男神回头求欢，哪里还能想起自己是否已有短信传情的男友。飞刀问小白：“你们在一起多久了？”小白说：“好几年了，只是那个时候他工作太忙，没空和我出双入对。”冷漠的眼睛就像凉透了的熟鸡蛋，光滑安静又让人想伸手试探一下蛋黄是否还留着余温。飞刀很气愤，问道：“那山鸡算什么？”小白说：“山鸡很忙，等他不忙了就告诉他。”飞刀叹气，不死心地再问：“那我算什么？”小白笑了笑，说：“一个多管闲事的朋友。”

那一晚沉默而漫长，不仅为自己曾经的一往情深而感慨，也为好兄弟此刻的深信不疑而默哀。飞刀以删除手机里小白和单车男孩共同进入酒店的照片为交换，换取的只是小白的隐瞒，他要她告诉山鸡，和平分手，因为即将异国的开始，他要她告诉山鸡，她心里只有山鸡，但世事敌不过距离，爱情也有限期，他要她的成全，为了他的朋友不再感受到绿帽子的心塞。

我拍着飞刀的肩膀说他大气，他说你看现在不是挺好的吗，山鸡醉得像条狗，心里有对爱情的叹息，却没有怀疑。

树影幢幢，校园恋情告一段落，有些矫情的气息荡在夜里。我看到树影里山鸡的睫毛微微晃动了一下，他揉揉眼睛，起身扶着垃圾桶吐，眼泪窸窸窣窣地顺着鼻尖往下掉，他漱了口水，擦擦脸，说，今晚的鸭脖比以前的辣。

山鸡和飞刀都没有当成飞行员，他们喜欢的姑娘短暂停留在他们身边然后绝尘而去，那些年少时的梦想一个都没有实现，毕业几年后他们挤在不同的地铁上给对方发信息，说今天哪儿有漂亮姑娘我们一起赶场，那个白衬衣的少女，成了不会提起的默契。

最是人间留不住

在我们年少无知的时光里，他们也在不断学习进步，但他们老了，学习的速度比不上我们，这个时候，年轻力壮的我们需要一点耐心，停下来等等他们。

“你快点给我滚出去，再也别回来了！”

我妈从厨房出来，手里拎着一把明晃晃的刀，仿佛下一秒钟我再把脚蹬在桌子上靠着沙发椅背，她就能一刀劈死我。

“我就不，有种你就砍死我呀。”

叛逆期的孩子容易和同性家长产生分歧，这好像是某位心理学专家说的话。当时的我深以为然。在我十六七岁青春荷尔蒙到达顶峰时，不仅有一额头的痘痘交相呼应，还有和我妈不断升级的战火。母女之间毕竟有血缘关系，我们不能上阵赤膊，只好不停用语言互相伤害。那些杀伤力强的句子大多出口成脏，现在回想起来依然觉得有些可怕，三字经是家常便饭，满嘴的污言秽语。我妈也很叛逆，嘴里大声嚷嚷着，我这脏话都他妈是跟你学的，然后成倍地回击我。

说实话，有时候我不怎么喜欢她，尽管她是我妈。我没见过这世界上有这么虚荣的女人，没什么大文化，却总是装出一副文艺腔调，在QQ空间里吟诗作赋。明明十分小气，听说哪里能免费拍照就喊着我跋山涉水找到那里要拍一个人的婚纱，还声称自己要抓住青春的尾巴，得了吧？您这尾巴也太长了。此后每每和我一起出门上街，更是非要喊我给她拍照，我敷衍着胡乱拍一通，她很生气。

她穿着比我还嫩的衣服，经常满身五颜六色，仗着自己够瘦，嫌弃所有适合她年龄段的衣服老气，经常出入ONLY、以纯，甚至美特斯邦威。她穿着那些花花绿绿的衣服游走在照片儿里，洋洋自得地说自己看起来比我还要年轻。

她做饭不好吃，家里楼道上有我写的两个大字，“难吃”。每每逢年过节家里人都要把这件事拿出来逗乐。我不相信我怎么会写这种东西，去年过年回家特地仔细找了找，还真的有，还真的是我的字迹，只因时间太长我已经记不清楚了。想想当年自己也是被迫吃光，无奈之情无处发泄，只好在楼道胡写乱画。

我妈是典型的马大哈，什么都不记。我上高中的时候还在问我今年初几，直到我成绩差被叫家长。她站在办公室被班主任批斗，老老实实听着训话。后来她知道班主任一个星期没让我上课，一直在办公室罚站，突然大喝一声：“你怎么能不让她上课呢？她再影响别人她交了学费的！你管理不好是你的事情怎么能让她罚站这么久！她不叫家长你没有我联系方式？”突然的发难吓到了老师，在我回去上课的很久之后，她还在念叨着那个班主任实在太过分了，一看就不是什么好人。我哭笑不得，觉得做人千万不能得罪女人。

我妈五十出头了，但她活得有些潇洒。卡里没有存款，身边没有余钱。最近迷上了户外，买了一堆帐篷拐棍等看起来永远无用的东西摆在家里占地方。她特别在意她的脸，却不知道怎么用我送给她的护肤品，我说这很贵的你不要胡乱抹，她抠出一点装在一个盒子里，说改天见了你姨送给她。我嫌她小气说要再买一瓶，她说太贵了太贵了，分着用用就行了。平时下班有时间就打开电脑上网，跟八竿子打不着的人聊生活。

这叫不务实。她这个年龄的不务实让我非常不满意，我觉得她不顾家，家里常常没吃没喝，我从北京回到家，不仅不接我，连等我都不等，就和她的驴友急着去爬山。有时候我又觉得挺好，我们自己把自己照顾好，谁都别演苦情戏。但有时候我也觉得自发有些矫情，觉得人家家的姑娘都是千金宝贝，我却怎么像一棵无头草一样无人挂心。

我妈是校花，当年文艺队的骨干，能唱能跳样样齐全。她腰肢纤细，头发乌黑，回眸一笑迷倒一片。不知道是不是因为当年太漂亮，所以被宠得有些高，后来脾气变得很大，婚姻的不太如意让她变得更加暴躁，我小时候她就砸锅砸碗，家里经常稀碎一片。后来她想通了，砸了还要收拾，就找了一个软抵抗的方式，不理家中万千事，背后个人独自 high。她在家看电视把声音放得巨响，我们过来过去喊着吵死了吵死了，她不理，我行我素，从来不管你在干啥。

她对我爸不太好，除了嫌弃之外可能就没有别的词儿了。嫌弃我爸鞋子太脏，嫌弃我爸干完活儿后指甲里没洗干净的污垢，嫌弃我爸满身的烟味儿，我爸闲的时候嫌弃我爸穷，我爸忙的时候嫌弃我爸这么忙还穷。

我觉得她是个天生的怨妇。回家坐在一起就跟我说，你看谁谁谁家的谁谁谁嫁给了谁谁谁，谁谁谁老公特别有钱，谁谁谁老公的爸爸特别有钱，谁谁谁老公家里有啥啥啥，边说边向我投来轻蔑的目光。我觉得小市民太可怕了！我可是新时代的独立女性，嫁给谁谁谁这种终极目标不是我的选择。她说算了，你这长相全跟了你爸了，你要是有一分像我，也能留个这念想。你们老李家的人呀……

我妈就是这样，特别可怕，嫌弃我爸的时候要顺带着全天下李氏家族。

去年过年回家回得很早，机缘巧合去了一趟她们厂。她常常跟我抱怨她这工作不是人干的，我想全天下的工作没有顺心顺意的，从未放在心上。她也常常在 QQ 空间晒她们厂的饭，我看着挺好，量大菜鲜的，正赶着我想帮她换她的身份证，去厂里找她要，顺便吃吃厂里的饭。都这个时候了，竟还有人拿着一代身份证出没在人世间，也是对她的粗心程度和事不关己抱以崇高的敬意。我颠颠地走进厂里的电动伸缩门，边走边翻她的 QQ 空间，有一条里，她站在市政府的门前参与罢工，拍了一张照片，下面写着：“今天厂里来罢工，天气乍暖还寒。”我看到自己在下面回复说：“来罢工都要拍照，服了。”她回道：“政府这群人真 ××××（一些愤青的话）。”我觉得真是不可理喻，关了手机，问东问西丁班在哪里，走进了厂区。

轰隆隆的机器声伴随着热浪几欲把我推出门外，我醒了醒神，往里走。

“你的身份证在哪？”

我对着她耳朵说话，用喊的。因为机器的声音太大了。她不停地走来走去，把线头一个个接上，朝我喊：“在那边换衣室的衣柜里。”

我愣了愣，没听清。又喊了一遍，于是我去衣柜翻她的兜儿，拿了身份证逃一样地溜出厂房，忘记要吃饭。一路上我没敢仔细想，想一下，鼻子里就吸一口气。

想哭。

我妈在织布车间上班，小时候我来过几次，但都不记得了。外面寒冬腊月，车间热得像蒸笼。夏天也一样，没有空调。似乎一进车间的门，其他花花世界皆可抛之脑后，这里没有时间，没有黑白，只有二十四小时永不停歇的震耳欲聋的机器。她戴着白帽子，头发盘在里面，穿着蓝色的工作服，戴着同样白色的围腰。她抬起身来又低下头，偶尔还和身边的同事互相喊话，笑的时候露出眼角的鱼尾纹。我看到她衣柜里有带的昨天的剩饭，更衣室很小，没有凳子，走出门时她的一些同事已经蹲在墙边开始吃饭。

我很害怕看到这种场面，容易心酸。所以我尽量逃避着，妄图把所有罪责加到别人身上。可怜之人必有可恨之处，但反过来念叨一遍，可恨之人似乎也必有可怜之处。

我妈在织布车间工作了几十年，这些年她甚至还上着倒班。两个早班正常班，两个中班四点上班两点下班，两个夜班凌晨一点上班早上八点下班。依稀记得小时候有一天夜里下大雨，她看不清路骑着自行车撞到了电线杆，右眼撞青一片。她一边咒骂着为什么电线杆要立在那个地方，一边嘻嘻哈哈嘲笑自己把自己撞了一个熊猫眼幸亏没撞到别人。她过着完全没有生物钟的生活，不是文艺，不是清高，而是被迫。这些年厂里效益越来越不好了，她拖拖拉拉地干着活儿，等着退休。我常说她不知进取，干了这么多年还是一个普通员工，甚至连工长都没混上。她说做人太直不爱绕弯子，拍领导马屁说客气话的事儿她干不出来。我有些不屑，觉得既然想坦荡，就不要抱怨累，两头好怎么可能都让你占了去。她也不屑，觉得我故作高深假装圆滑，跟我爸一样见人说人话见鬼说鬼话，其实谁心里不清楚你到底是真是假，你这是徒劳无功，就像你爸，这么多年还是穷。

我觉得她势利，她觉得我装逼。我们似乎永远都走不到同一个拍子上。

过年离开家时她非要塞给我一千块钱，我说我不要，我有钱着呢。她却还是在我踏上出租车之前，以迅雷不及掩耳之势从车窗的缝儿里塞了进来。我笑她幼稚，这种硬塞钱的方式还演来演去，何况只是一千，你倒是塞个大的啊。在火车站等车，我又打开她的 QQ 空间，她发了一张我出租车的背影，说："女儿回去工作了，希望一切顺顺利利的。"

我突然泪如雨下。

这些年她过得不顺心，有时候在半夜给我发消息，有时候依然嚷嚷着要跟我爸离婚。每次我收到那些消息都会暴走，气愤地嚷嚷着自己从小到大离婚协议起草了不下十份，会写字开始就看着你们几乎闹到法院去，倒是离啊，发狠地说完一堆话后敷衍地回复一个“哦”字，然后不了了之。

我妈稀里糊涂地嫁给我爸，她指着酒席的照片儿跟我说她那是前夜哭肿的眼睛，她说婚礼的衣服还是借别人的，一生连一张婚纱照都没有。她说你们现在多好，想照就照，当年的自己只留下了一些黑白一寸，后来再有照片时，身边总是跟着一个不知好歹的你。她说嫁人一定要擦亮眼睛，她对着我带回家的男朋友私下里百般挑刺儿，又在人家面前好得像个慈母，让我不要给男朋友甩脸子，拉着脸像是怎么回事，跟我说做女孩要温柔，对人家好一点。我想这么多年，她没有做好的事情，都希望我能做好，最重要的是，有一段幸福的婚姻。

小时候我很在意，在意父母的关系，在意不够和睦的氛围，甚至心思渺茫到在意他们彼此的未来，我觉得他们高举着“为我好”的大旗一次一次扇我的脸。后来我又听人说想知道自己媳妇未来会怎么样吗？去看看你丈母娘就知道了，都说女儿会越来越像妈，我有点担心，努力梳理她让我不满意的地方尽量避而改之，每次尽力警醒自己。再后来我发现有些规避不了的自己就是很像她，渐渐劝说自己 take it easy。现在我终于长大了，知道有些事仅凭我一人之力无力回天，也突然理解了父母的所作所为，他们没做好，但是他们尽力了。他们是为你竖立了标杆，但所有的对错都在你自己的眼睛里，效仿还是规避，选择权在你。在我们年少无知的时光里，他们也在不断学习进步，但他们老了，学习的速度比不上我们，这个时候，年轻力壮的我们需要一点耐心，停下来等等他们。

我又翻开她的QQ空间，看见她最近更新的一组照片，穿着运动衣在公园打乒乓球，和着文字看图片，还是透着一种媚俗的忧伤，“最是人间留不住，朱颜辞镜花辞树”。

我想起她在黑白照片里梳最流行的BOBO头，想起车间轰隆隆的机器，想起她现在突然发觉我已经长大，为了给我省点嫁妆而穿着最便宜的地摊货，想起家里到处挂满的她的照片里已经有粉底和PS都盖不住的鱼尾纹，觉得那就像她的一生，坦率直接处处留情却得不偿失，最后手里只剩下一张不耐烦的破船票和已经远远离开岸边的小船，那就是我。

最是人间留不住，朱颜辞镜花辞树。

吃粉

有些不能深究的事如同会吃粉的皮肤，用那么多的杂质来装饰表面的光洁。而相比生与死，实在没有什么是不能被粉饰的。

罗立是在卫生间补妆的时候接到父亲去世的消息的。她挂了电话，声色平稳，继续拿出粉扑在脸上轻柔地平移、按压，一边思考着如何继续和客户周旋这场没完没了的局，一边皱着眉头有些恍惚，心里感觉有点怪异，暗自嘲弄，这老家伙这回可能是真的死了。想到这儿，她突然抓紧了粉扑，右手的关节因为用力而凸起泛白，没来得及把粉扑放进粉盒，她就推开门，径直走到吧台边在老板耳边喊了几句，不顾老板变色的脸，踩着高跟鞋绝尘而去。

推开酒吧的门，冬夜北方的寒冷一下顺着罗立的脖子钻进大衣里，她光着腿在街边等车。上了车发现粉扑还牢牢地攥在手中，车上一暖，她放松下来，干脆打开后座的灯补起了妆。

“小姐，麻烦关上灯吧，你后面开着灯我夜间驾驶有些危险。”

“没事儿，你尽管开，我爸刚死，热乎着呢，能保我平安。”

“……”

司机吓得一言不发。

罗立回到家已经凌晨两点多了，她的丈夫蜷缩成一团，窝在沙发里，鞋柜上有一杯温水，还有一张字条儿。她蹑手蹑脚地抽走字条儿到卧室，打开灯，上面透着淡淡的温柔的笔迹：“喝酒了吧？喝点热水。如果想见我就叫醒我。”

是的，他知道她回来了，她也知道他没睡。可是他们在冷战，已经持续了将近一个月，她不知道如何是好，明明不是什么大事儿，可她就是跨不过去。起因很简单，一个月前她无意发现他公司来实习的女学生频频向丈夫抛媚眼，娇滴滴又扭捏捏，私下打电话请教工作时，说话娇媚的腔调似乎从丈夫的手机听筒里山路十八弯地拐了出来，她用女人的敏感感受到了些什么。他们结婚一年多，她有些吃醋，故意跑到丈夫公司楼下接他下班。可谁知丈夫居然当着同事的面介绍自己是他女朋友。

女朋友？

是，他们结婚的时候是两个人默默领了证，在小范围的朋友圈子里庆祝了一番。因为两个人都很低调，也只是去泰国玩了一圈，就算是完成仪式了。虽然是烂大街的旅游胜地，但那个时候的他们是真的幸福。那种沉甸甸的总想藏着掖着根本不敢告诉别人生怕一说就被抢走的幸福。

罗立虽然没有大肆办酒请客，但她的无名指上戴了对戒，有人问起，她淡淡回答自己已婚。可是她的丈夫居然在同事面前介绍她是女朋友？当时罗立温柔地笑笑点头，她知道他这么说一定事出有因，夫妻便是同林鸟，她也会得体大方地保护着他，但她太知道后半句了，大难临头各自飞，呵，甚至不用大难临头，有时候幸福的开始，就是大难临头的原因。

虽然后来她丈夫解释了，似乎也听得过去，无非是怕现在表明已婚会影响后面的升迁，因为公司规模不大，老板小气，总觉得新任奶爸会拖延工作……新任奶爸？结婚的时候不是说好丁克的吗！罗立有些崩溃，觉得第一件事情还没有弄清楚，第二件就接踵而至，一时间甚至分不清哪个更为关键。她的丈夫笨拙地解释，孩子是天赐的，不强求也不拒绝啊……

好吧，他们相识六年，相恋三年半，结婚一年半，他对她一直是无微不至百依百顺的，他在工作处世上也是正直谦卑又负责的，她之所以选择了他，完全是因为觉得他是一个高性价比恋人，她不要浪漫，不要金钱，只要求他忠诚。可谁想到，这点看似最基础简单的事情，却最难。

罗立躺在床上，想着明天大概还是要回一趟老家，不论怎么说，老头子还是跟她有血缘关系的，虽然当她把自己名字的“莉”改成“立”时，就已经发誓和他势不两立了。

凌晨两点半，罗立站在卫生间的镜子前卸妆，她用手挖出一大块卸妆膏，在脸上轻柔地打圈。她突然想起自己第一次化妆，是在小学三年级时偷坐在妈妈的梳妆镜前拿着老式的二十四色眼影盒和粉饼往脸上涂涂抹抹，但很奇怪，那个时候绝对要比现在好一万倍的皮肤，却浮粉浮得比现在厉害多了，似乎怎么也抹不上去。妈妈看到了，笑她还没到年纪，她一直不懂那是什么意思，可能是年纪不到手法不对吧。哦对，后来妈妈的梳妆镜就在和爸爸的争吵中被砸烂了。那盒巨大的眼影盒里，一个一个的色块飞得到处都是，浓重的蓝、紫，掉得一团一团。罗立笑笑，到底是老式的眼影盒，如果妈妈能活到现在，发现这么实用又简单的大地色系，应该挺开心的吧。

想起妈妈，罗立的心又钝钝地疼起来，疼太久，麻木了，只是惯性地有些难受。妈妈在离婚没多久后就郁郁而终了，临死前的病床上她紧紧抓住罗立的手，神志不清地哭泣，然后又清楚地告诉罗立，别怪父亲，走不到一起去的原因很多，她能原谅。她能原谅，可罗立不行。因为她知道，无论怎样是父亲出了轨，爸妈离婚后，她一直跟着小姨生活到成年，成人礼那天罗立知道她的亲生父亲娶了自己第三个老婆。

罗立恨他。

虽然长大以后她知道并不是她父亲害死了自己的妈妈，可是她恨他，她恨他不负责任，不懂忠诚，根本不配做一个父亲。罗立在成长中受的这些苦，她全都一股脑儿地丢给自己的父亲，她不接他的电话，上学放学躲着他，偶尔被抓住也是一言不发，工作以后甚至搬了几次家，直到他再也找不到她。罗立很满意，因为她知道，可能是老天惩罚，他虽然结了几次婚，有了儿子，却再也没有过一个女儿。曾怀过，夭折了。罗立听到这个消息时居然有些高兴。

大概是洗手间的水声吵醒了沙发上的丈夫，他走过来轻轻敲门，问她有没有喝多，难受吗？安慰她那个项目如果没有那么重要就别那么拼了，这个星期还是约了公司同事一起吃饭，想着就当是小小的婚礼 party，如果她仍旧不参加，那自己会再挪到下个星期。

一个星期又一个星期，从罗立生气开始，他就准备这么挽救了。但罗立觉得他没有主动承认自己已婚，就是给小实习生留了余地。男人啊，都是想贪尽世界一切，她还没想到如何惩罚，但有些绝望，有些害怕，怕自己重蹈覆辙，一个劲儿安慰自己这其实没什么，但一边又找不到原谅的理由。“滚。”罗立留给他一个背影。

第二天天一亮，罗立就收拾行李回老家了。她小姨的消息闪烁在手机屏幕上：“回来一趟吧，缘分尽了，也要告别。”罗立坐在回家的火车上，轰隆隆的火车往前行，她想，缘分早就尽了，她只是回去看看他有多可笑。

下了车，她回到小姨家一觉睡到晚上，小姨告诉她头三天夜里香不能灭，都是父亲家的兄弟在轮流守夜，问她要不要去敬香。她嘴里说着不去，晚上却偷偷溜到灵棚去看了一眼。远远地就看到父亲的两个哥哥和一个弟弟以及其中一位哥哥的老婆四个人正在灵棚中间打麻将，他们在棚里烧着炭盆嗑着瓜子，麻将声哗哗啦啦，没有任何一点点悲伤的样子。她努力往里眺望，只能大概看到遗像的轮廓，她甚至刻薄地想，这个老头儿也有这么一天，自己叱咤风云吃喝嫖赌，还不是让别人在他的灵堂前面打麻将。

罗立的爸爸年轻时是街区有名的大哥，他在家里排行第三，被大伙儿称为“老三”，或者会喊一声三哥。他仗义，什么事情都愿意挺身而出，经常帮小商小贩和城管打架，他自己是卖水果的，不够新鲜的水果从不出售，就用最原始的榨汁机全靠力气压成汁，生意做得红火，很快有了自己的第一家店面，也娶到了第一个老婆，就是罗立她妈。

谁也没想到他骨子里竟然是见一个爱一个的人，有钱了，人人恭维，连城管都让他三分，他也就开始管不住自己了。

原来骄傲果然是个贬义词，罗立从小很自卑，她一直想变得骄傲起来。但老师讲，骄傲使人退步。她记住了这个句式，因为形容的就是她的父亲。

可惜，人死灯灭。现在还不是任由别人把自己的灵棚弄得就像游乐场。罗立像隔岸观火一样站在一边，咧开嘴甚至有些想笑。

转眼第三天清晨，罗立仔仔细细化了妆，害怕被人认出时太狼狈，她用了两种最贴合自己皮肤的粉底，轻轻描了眼线，好像不是去参加葬礼，而是出席 party。打扮妥当，她悄悄站在送葬人队伍里的最后面。果不其然，人不少。除了父亲的现任妻子，前任也来了，还有她同父异母的弟弟。父亲家中的兄弟亲眷也都在其中，他们一大早就拆了灵棚。罗立看到昨晚还在嘻嘻哈哈打麻将的大伯二伯四叔的眼眶都红红肿肿的，有些犯腻，奇怪一个人的情绪怎么能朝令夕改，她正觉得虚伪时，大伯就看到了她，只见他眼睛一亮，立刻伸手抓紧罗立，大声嚷嚷着：“看！看！我就说罗立一定会回来的！这个傻孩子！一家人哪说两家话！”

“……”

那一刻罗立很后悔，她不应该回来的。她才不想参加任何一个仪式，她只是想来看看，这么一个人，在死的时候，会得到怎样的待遇。他还不那么老就得了癌，一定是上帝对他的惩罚。她只是想离开家，离开自己的丈夫，喘口气儿，顺便来幸灾乐祸一下自己的父亲，这个多情不义的男人。这两个在自己生命中最重要的男人，都像一团乱麻，足够让她对一切失去兴趣。

是怎么走完流程的，罗立记不清了。有人要她摔炭盆，有人要她拿遗像。但最终她都没有接手，她的弟弟们比她热情多了，一路哭得人心烦意乱，抢着要做大儿子该做的事情，她的后母用奇怪的眼神看着她，她很快明白，是怕她来抢遗产。遗产，呵呵。整个过程只有遗像里那张照片笑着，依旧是一张英俊的脸。是她父亲年轻时的，她想起来，大概是父亲自己嘱咐过，如果他死了，一定要用这张照片，挑眉，帅气！但估计他也没想过吧，居然这么快就派上用场了。罗立一路一直想发笑，她觉得一切荒唐又可笑。

她的父亲死得突然，癌细胞扩散得要比他自己想象的快太多。死得突然就代表着火葬场和殡仪馆都要临时腾出位置，他们没有遗体告别室可以用了，一堆人局促地挤在一个临时空地，火葬场的工作人员不耐烦地催促着：“你们看一下，确认一下，是这个的话，就烧了。”

父亲的现任妻子突然大哭起来，边哭边喊：“你怎么能这样就丢下我们了！”怎么能这样就丢下你们？难道你不知道吗？他就是这样一个人。罗立清清嗓子，冷漠地说：“我看看吧，我看他一眼。”

工作人员面无表情地拉开包着尸体的袋子，父亲的面孔突然映入眼帘。那是一张没有任何血色的脸，面部极其消瘦，脸颊深陷。罗立深吸一口气，不，她根本不认识他是谁。那一刻，她有些眩晕。

在她的印象里，父亲是高大威猛的，称不上有多么帅气，但起码是阳光的，有着咄咄逼人的气势，强壮又健硕，上街打架输阵也不输人。而拉开尸体袋子拉链的那一刻，她惊呆了。消瘦，只剩骨头了，眼眶凹陷，颧骨几乎全部凸在外面，像没有牙的老头儿一样，脸颊是陷进去的。罗立仔细回忆父亲闭着眼睛的样子，她想不起来，这似乎是她第一次见到他闭着眼睛的样子，她几乎想要脱口而出，不，不是他！

最后就是被夹在人群之间推推搡搡地完成了整个过程，起得太早，罗立拿出粉盒来补妆，她发现脸上的底妆已经全部浮了上来，就像她小时候偷擦母亲粉的那一次，斑驳凌乱。

那一刻，她突然想起小时候那次偷偷化妆，只有父亲夸她涂粉好看，长大以后会一样买很多粉给她。父亲还曾经带她去游乐场，给她买棉花糖，在她生病的夜里背着她一家一家去医院看急诊。后来她不再跟他联系，他去学校门口等她堵她给她买零食买东西，统统被她当着他的面扔进最近的垃圾桶。

那个时候的他面部还是丰腴的，她甚至怀疑一个人怎么可以瘦到那种地步，他死之前，一定也受了很多苦。她有些想哭了，但看看镜子，自己浮粉得厉害，若要再哭一场，一定会很难看的。她努力吞咽了一下口水，忍住了。

父亲的骨灰被送到墓前，下葬封住墓碑时，他的现任老婆把所有他的临终遗物拿了过来。罗立没有在意，她第一次看到别人拿砖块封住墓碑，原来骨灰并不是埋在土里的，而是放进墓碑后面小小的空间里，还要轮流打扫，擦一擦，意思窗明几净。罗立没有帮他打扫，她冷冷地站在人群后面，不顾有没有人对着她哭泣，她始终一副拒人于千里之外的模样。直到最后，她突然看到了一支钢笔。那是一支普通的英雄钢笔，放进骨灰盒旁边的时候父亲的遗孀说："把笔给你拿来了，你在病床上一直念叨着要用钢笔，也不知道你要写些什么，知道也来不及写了。"

一路无言，罗立没有参加葬礼结束后的宴席，她回到小姨家拿上行李告辞时，遇到匆匆赶来的丈夫接她回家，丈夫没有说话，只是默默地走在她身边，跑前跑后买好了火车票，麻利地帮她把行李架上车厢。

火车往前开，罗立的眼泪往下掉。她知道那支钢笔是当年自己考上大学，父亲知道她爱写字送给她的礼物，他来到学校门口拦住她，她却把钢笔扔得好远。他跑去捡，她在背后嘲笑他的姿势，然后一溜烟跑掉了。她一路一直哭一直哭，突然明白自己从此以后真的是一个没爹没妈的人了，她甚至还没有决定好要不要原谅，就没有机会再原谅了。她的丈夫默默坐在身边递给她纸巾，收拾好她擦鼻涕的脏纸。她哭够了，拿出粉盒来补妆。很奇怪，流过的眼泪把妆冲得几乎干干净净，于是粉居然被皮肤轻易地吃了进去。

罗立想起母亲当年嘲笑自己，皮肤不吃粉是因为年纪小。哦，原来年纪大了，就可以包容一切，包括曾经一直浮在容颜之上的粉底。所谓吃粉，不是因为手法，不是因为质地，只是因为经历得多了，便也开始拥有了泥沙俱下的人生。

“不如这个星期就和你的同事们吃饭吧！”罗立看着丈夫说道。她已经明白，人生并不是那么激烈，每个人都有自己的苦衷，有些不能深究的事如同会吃粉的皮肤，用那么多的杂质来装饰表面的光洁。而相比生与死，实在没有什么是不能被粉饰的。

不爱

▶ ⏸ ——————————●

她说:“我们的爱情还在吗? ”我抬起头,
看着大领导,回答道:“不在了。”

她又哭了。

现在是早晨七点五十分,我必须在一个小时内赶到公司,这其中要换乘两次地铁,我看着镜子掐时间,觉得今天又要来不及打卡了。发个语音给胖子吧,拜托他看有没有机会偷着帮我打个卡,不然两百块钱是妥妥地扣定了。为什么要搬到离公司这么远的地方来呢?反正都是租房,住得大点宽敞点有这么重要吗?我把牙刷塞进嘴里胡乱搅动着,从镜子里瞥见她又哭了。

她就坐在沙发的角落里,一边低头啜泣一边收拾自己的包,包很小,她非要塞进一整摞 A4 纸张的资料。我皱起眉头看着她似乎是被难住了,她低着头不停地想要折叠那摞资料,眼泪在睫毛上颤抖,“啪”一滴,掉在了包包上,很快顺着包角落了下去。

“小羊皮,很金贵的,不能沾水!”我还记得刚买这个包的时候，她挽着我的手从店里走出来，絮絮叨叨了一路，说这个二十五岁的生日是这几年来过得最有意义的，有祝福有礼物有愿望，她那时候许了什么愿呢？她不肯告诉我，觉得说出口就不灵验了。当然，后来在她二十七岁的生日宴上我知道，她希望爱情地久天长，而爱情的另一方线头上缠着的人是我。我在她公司楼下等她，那天下了大雨，她护着她的包从办公楼里一路和我小跑到末班地铁，我们坐在座位上，她的发梢都湿了，手里还在不停地打理着自己的小背包，我看着地铁的窗户忽明忽暗，一路的广告牌高歌着美好生活需要消费，可是我们两个打工仔，未来只在几十公里外的出租房里，如何消费呢？只是那个时候我真幸福，比现在幸福，女友努力漂亮，偶尔脾气暴躁不算什么，毕竟她从来没有嫌弃过我没钱。

可现在怎么了呢？眼泪不是水吗？小羊皮不是怕水吗？现在怎么不怕了。我正在想，胖子的消息在手机上显示："你疯了吧朋友，我都快到了，今天例会头儿来开，你敢迟到？自求多福吧你！"

我吸了一口气，突然想起今天大领导来开晨会，心下一咯噔，火急火燎地坐在门口开始胡乱穿鞋，抓起手边的双肩包，疯一样地冲出门去。

地铁要换两次，一次很近，上个楼梯就到，还有一次很远。似乎是个十字路口，要上下好几次楼梯加上一个很长的中转通道，早上人很多，我挤在人流里，不一会儿衬衫就被汗渍微微浸湿了。

早高峰人太多了，就算再想跑起来，也只能夹在人群中缓慢地移动。我恍惚地想，有时候爱情也是这样，我们特别想努力往前跑，但还是夹在人群中被各种杂七杂八的事情乱了心智。爱情里有多少个弯道呢？第一个也许很近，只是虚晃一枪，可第二个就远了，一不小心，就错过了能赶上的最近那班地铁。

早上出门时，我和她说话了吗？我努力想了想，是说了的。她抬头看了看我，欲言又止，然后问了我一个问题，我心烦意乱，只想着要迟到了，这个月再迟到全勤奖直接全部扣完，绩效评定也一定会一塌糊涂，连续三个月了，再是这种情况，我一定会被 HR 叫去单独谈话，早晨是谈心的时候吗？可能是吧，毕竟这个时间段情绪最稳定最理性，哦不，也不是吧，早上刚醒来的那一刻意志力最薄弱，刚刚入秋，北方的温度已经降了下来，被窝里留着的余温就像一颗糖，谁也不愿意掀开被子去感受外面的苦涩，对比太强烈了。

我和她一开始也是这样，温存。我们刚恋爱的那三个月，我的迟到记录和现在几乎无差。她叫晓雅，是胖子介绍我们认识的。那时候我刚进了现在的公司做设计，每天都是修不完的广告图，一天项目结束的聚餐上，胖子的女朋友带她来一起喝酒。

这种相识，真是没有任何意外发生的意外。胖子说我总是单身，胖子女朋友想凑着自己的朋友一起出街，嫌我是个电灯泡，于是她带晓雅来吃饭。在 KTV 黑灯瞎火的情歌里，胖子起哄，说：“你俩都是单身，不如凑成一对吧，看你俩走在一起也搭，郎才女貌啊！”

郎我知道，没什么才。女我也知道，貌美如花。至少当时的我看到她笑，就觉得温度升高，她像我高中时后排的女同学，因为她递麦克风给我的时候戳了戳我的后背："给，你唱。"

我想起后排女生在考试时递给我的那张写满答案的小纸条，她对我有意思吗？我不知道。但这么多年过去了，我有些后悔当初毕业时忘记问她一句。可晓雅一开始对我有意思吗？我也不知道。只是我顺水推舟，开始约她单独吃饭看电影。

这就是都市情侣一般的发展逻辑吧，她同意跟我吃饭看电影，起码证明对我印象不错。我回家查了星座匹配度，呃，我是巨蟹，她是白羊，貌似搞不定啊，我像个娘们儿一样翻遍了所有白羊座的喜好，知道她活泼、直爽，我很满意，但我念旧恋家，她能和我在一起吗？说真的，我一开始一点信心都没有。拖拖拉拉了两个月，最后还是她表白的。

想到这我咧开嘴笑了笑，这几个月，我都没好好笑过了。我看到地铁上有一对小情侣，男生用手护着对方，两个人一路笑着，温柔地注视着，我想，一开始，我们也是这样。

晓雅确实心直口快，是个爽朗的女孩。我们确定男女关系的时候是个圣诞节，看完电影出来，她说你知道吗？圣诞节的酒店根本就订不到。我心里漏跳了一拍，感觉到下体有些发热，这种敏感话题，是给我暗示吗？正在尴尬不知道怎么接，路边卖花的少年扯着我的衣角，说哥哥你女朋友这么漂亮，不买束花给她吗？我从来不相信这些节日推销，都是宰冤大头的，可那时候我特别感谢他缓解了气氛，掏出三十块钱买了一朵玫瑰。我没问她愿不愿意当我女朋友，而是把花递给她，开口说了一句我现在都想不通自己怎么能说出口的话，我说："今晚你跟我回家吗？"

我一直是个腼腆的人，怎么说，至少表面比较腼腆吧。我从来都只跟图片打交道，不善于和人沟通，说出那句话，可以说是毕业以来最色情的了。可是很奇怪，她似乎很满意，当时就牵起我的手，我和别人合租，我们偷偷摸摸小心翼翼地滚了第一次床单。

第二天醒来，我看到她长发散在我的臂弯，手臂有些麻。她的发梢还有香味，她睁开眼睛说，早上好，我会对你负责的。我低下头笑，觉得自己可能是要转运了，我在这个陌生的城市，有了一个小小的牵挂。

后来我们也一起坐过很多很多地铁，她在城市的另一边，我总在周末火急火燎地去找她，我们吃饭看电影然后上床做爱，再后来她说不如一起住吧，省房租，我说这种事怎么好让你开口，你挑地方，我都跟着你。

我们的关系，似乎一直是她主导的吧，我觉得自己真的有些迟钝。但我也努力了，我们现在住的这个地方，是搬过两次家后找到的地方。她想要宽敞明亮的窗户，她不在乎离公司远一些，因为周末是属于自己的，她会做好吃的家乡菜，她说有了舒服的住所，周末就不用上街，省下来的钱，其实很划算。

真的划算吗？也许是的吧。我没有算过，因为总觉得未来还远，只要肯努力，一切都是会有的吧。

我盯着站在我前方的那对情侣，听到女孩子娇嗔地说："晚上下班来接我！你不接我我就不回家。"男孩点点头，说："好好好，没问题。"我站在后面哆嗦了一下，想起她以前也这么说过，但她每次都是开玩笑，她不会故意等我，她会自己回家，她就是她，故意撒娇，但最后不会给我带来不必要的麻烦。这样想想，晓雅真的很可爱。

在爱情里，有多少是出自被爱的绑架呢？其实我有时候也会感觉到喘不过气来。她不喜欢我加班太晚，有时候我一个人在公司改图，客户经理提前下班了，而我还在听从客户的意见修改，这时她就会在电话里怒骂：“你们那是什么经理，不负责任，凭什么让设计自己和客户沟通！你就是太好欺负了！”

我好欺负吗？也许是有点吧。我时常被她欺负。她说过节不想回家，我就留在我们租来的屋子里陪她，爸妈打电话给我，我说工作太忙啦！她不喜欢吃葱姜蒜，所以每次配料都夹给我，她喜欢我吃鸡蛋说有营养，可我小时候差点被鸡蛋噎死，我讨厌鸡蛋，但她说人总要学着长大，你这个讨厌太虚假。我虚假吗？我不知道。

一路疯跑到了公司，刚坐下就到会议室准备晨会。我一翻包，发现装着资料的 U 盘落在了家里电脑上忘了拔，顿时两眼一黑，完了。

这种完了的念头，让人浑身冰凉。那个 U 盘也不一定非要用，但我担心大领导会提起一嘴，我忐忑地坐在椅子上，感觉背后的汗更多了。

我和晓雅在一起三年，这种感觉也曾有过。那个时候我在和公司新来的女同事约会。是的，约会。我承认这件事是自己渣，女同事刚毕业实习，是初出茅庐的设计师，她约我吃饭谢谢我带她，我没有理由拒绝。她喝了两瓶啤酒，在餐厅说喜欢我很久了。

那个时候我正在和晓雅因为搬家的事情冷战，我不想住在城西，就像我不想吃鸡蛋一样，但我同意了，因为离她公司近，她没有谢谢我，而是一直埋怨我不提前收拾好东西，让这搬家的一整天手忙脚乱。她说：“我也是有工作的，不是伺候你的，你能不能生活自理一点？”

我生活不能自理吗？没有吧。在没遇见她之前，我一个人好吃好喝，住得离公司近，我每天上班努力工作下班偶尔打打游戏、和她住在一起后，她不喜欢我打游戏，我便不打了，总之她说什么就是什么，我都宠着她，我从来没觉得自己是逆来顺受的，除了那一次。

女同事吻了我，她是实习生，下个星期就回学校了，我觉得她幼稚但有些萌，她踮起脚吻上来的时候我来不及躲闪，只是简单地碰了碰唇，回家后她发消息给我，说谢谢这个告别 kiss。

晓雅看到了。在那一刻，我就像现在坐在会议室里的感觉一样。我担心发生点什么，又担心死寂一般的沉默，我百爪挠心，想道歉，却一句话也说不出来。

后来晓雅笑我尿，她说我可能还真把自己当个角了，实习生，年纪小，随便调戏调戏你，你是不是就以为她真的爱你？这是女孩子吃醋的方式吗？我当时觉得有些被羞辱。我没有道歉，她也没有埋怨，好像这件事情从未发生过一样。

哦对，这时候她已经二十六岁了，离我送那只奢侈品包给她已经过了整整一年。她不常背着，有重要的场合才拿出来，我觉得那是珍惜吧，却也没敢告诉她，以后我还会买很多包给她。但我知道，她其实也没那么喜欢那些表面的东西，晓雅单纯可爱，她从来没嫌弃我没钱。

我爱她，也珍惜她，她是我在大城市里的第一个牵挂，就像我的第一份工作那样，我拼了命地付出，最后老板却让我走人，原因是我越做越好，越来越贵，我看到了别的公司伸来的橄榄枝，我想加薪，老板说他不需要做得太好的，这一块没有预算，不如就让我走吧。

第一份工作总是跳板，这是所有过来人说的。就像胖子也和当时的女朋友分了手，那是晓雅的好朋友，有一天晚上晓雅哭着问我，连他们都分手了，我们是不是也不会在一起太久？

我太心疼了，晓雅是个不爱哭的女孩。我坚定地摇头，不是的，我们一定会一直在一起的。

当时的我真的是那么认为的。

再在后来，我遇到过一阵工作上的上升期，我每天都加班到凌晨，回家的时候她已经睡熟了，从一开始的撒娇、催促，担心我身体难以负担，到最后的争吵，闹脾气，问出工作重要还是她重要这样无厘头的问题，到最后一言不发，默默入眠。有天晚上我终于完成了一个棘手的项目，奖金非常可观，我兴奋地站在公司楼下打电话给她想庆祝一下，但她一直在通话中，我坐在地铁上还是继续打给她，想她打完了工作电话可以一起出门消夜，而她一直通话中，整整一个半小时，直到我回到家，她已经睡下了。

我知道可能发生了什么，但就算扯平了吧，感情这条路，没有什么磕磕绊绊，怎么可能呢？

从那以后，我发现有什么东西变了。我们不再经常一起吃饭，偶尔同桌的时候她一直低下头吃东西，不再叽叽喳喳，我努力想说些什么，居然发现这几年来，一直在说的人都是她，我无从开启一个话题，她不再跟我吐槽同事，也不再提要和我一起回家。

我是个男人，我要对一段感情负责任。我开始多回家陪她，但她话很少，我想和她看电影，她说不想出门。我在家和她看老片子，看到一半她说无聊想睡觉，她总是玩手机，却不再告诉我她的开机密码。

两个人关系的开始，是我们拥有了同一个秘密。第一次从床上下来，她扶着我的腰笑，问我："是谈恋爱，还是一晚就算了？"我犹豫了一下这样开始的恋情是否过于草率，我应该诚恳地问她一句愿不愿意当我女朋友的。只这一瞬间，她就立马接着说道："好好好，你可以考虑，这一次，就当作我们的秘密。"

我没有考虑，我只是想给你一段更好一点的开场白。

而两个人关系的隔阂，也是因为你和别人拥有了一个秘密。我不想去猜，也不想揣摩，我自己经历过，我知道这样挣扎又难挨，我不想让你也拥有这样的尴尬。

可后来的后来，我隐约不想再和她一起吃饭，我不喜欢吃鸡蛋，她总让我吃，我只想坦诚地说一句，她不听。

那个实习的女同事放弃了更好的工作方向，回来继续在公司给我打下手，我问她为什么，她说因为那个公司没有她想见的人。

我很难堪，是的，难堪，我知道这一句是什么意思，但我不想做那个她想见到的人。可她很温柔，她帮我处理所有的事情，陪我工作到凌晨，她买消夜给我，甚至陪我在公司阳台抽烟，她不会抽烟，硬生生地咳嗽，在那个寂静的夜晚格外刺耳又动听。

我承认，在那一刻，我享受尽了虚荣。我发现有女孩子愿意和我在一起，而不像晓雅那样，总是有无穷无尽的要求。她想要一个家，可我知道我买不起，她问我为什么回来得那么晚，为什么不在乎她的感受，我想告诉她，回来得太早，项目奖金就会拿不到。工作太久负荷太重，我开始经常迟到。

这不是我第一次埋怨住得太远了，我有些后悔，要那么大的窗户干吗呢？我们周一到周五甚至到周末，大部分时间都在公司，窗明几净，照亮的只是一块地板而已，不是我们幸福的港湾。

有的时候下了班，我也不想回家，我害怕面对质问，也害怕她正在急急忙忙挂断电话。我时常和女同事一起加班到深夜，我没告诉她，那位实习的女生又回来了。

这中间有一天晚上我和胖子一起喝酒，突然有些委屈，居然红了眼眶，胖子拍拍我的肩膀，说什么都别说，他懂。他像个过来人一样安慰我，说："你知道吗？一段感情的结束，也许没有什么大起大落的剧情，不像电影里演得那么激烈，甚至没有什么具体的原因，就是沉默地离开了，我们痛苦，是因为我们不愿意承认而已。"

是这样吗？我问自己。我不知道。

我爱晓雅的，但我发现我更喜欢和女同事在一起，因为没有负担，不谈未来。后来她不再说一些暧昧的话了，只是默默帮我做完所有的工作，她不提升职，不谈加薪，她说工作很快乐，我知道，或许不是的。

我很痛苦，我发现自己背离了曾经的誓言。是那个时候我告诉晓雅，会一生一世爱她呵护她，我问她愿不愿意当我的女朋友，她大大咧咧地说，床都上了，能不愿意吗？我觉得她真酷，像女侠，我要保护她。

可现在我累了，我不是不愿意保护她了，我是不愿意保护自己了。我觉得受伤了，不是她让我受伤了，而是我让我自己受伤了，我没能遵守自己的承诺，我开始不愿意回家，我觉得烦躁，我不喜欢她质问，不想看她哭，你是女侠啊，怎么可以经常哭。

我闭上眼睛，深吸一口气。会议室的椅子似乎因为年份太久了，晃动时会发出刺耳的噪音。大领导突然叫我的名字："上期的总结报告在你那里吧，你拿出来讲一下。"

我的心提到了嗓子眼，终于还是遇到了，本来说想逃过去的，但他还是提出要看——上个星期不是已经给所有人讲过了吗？只是你不在而已。我不知道怎么回答，一时间僵在原地。

我想起来了，早上出门前，晓雅问我的那句话，她说："我们的爱情还在吗？"我抬起头，看着大领导，回答道："不在了。"

百无一用
是爱情

▶ II ——————●

相爱总是简单，相处太难。

电梯门打开了，我端着快递盒子准备上楼。电梯门关上了，我用胸和电梯壁夹着快递不让它掉下来，一手伸进兜里摸钥匙，摸到了其中一个往外一拽，嘿，伴随着钥匙之间的磕磕碰碰，朋友送的防狼神器被拽掉了。一瞬间报警的声音在狭小的电梯空间里鸣声大作，我吓了一跳，蹲下去手忙脚乱地捡那个圆形警报器，终于在插上开关的那一刻，报警声停了，四周一片寂静。回过神儿来我才感觉到了快递砸在我脚上的疼痛以及快递盒子里东西碎掉的声音。电梯门又开了，一个男人冲着我皱了一下眉，我不好意思地边走边顺势连同快递一起踢出电梯门外，他侧过身钻进来，嘟囔了一句："又买啥了啊……"

"关你屁事。"话还没说完，电梯门又匆匆合上，看方向是下楼了。对，一大早，该上班了。

我打开家门拆开快递，果然，镜子碎了。浴室的镜子已经空着一个礼拜还没装上，我寻思着是不是可以拍个照片发给卖家骗他是快递弄碎的好让他补发一个新的给我？算了算了，太缺德了。我蹲下摆弄着那几片镜子，每片上面都照出我的脸，头发乱糟糟的，穿着家居睡衣睡裤，眼角好像还有眼屎，丧，一副中年妇人的模样，拿个快递也没人帮忙。对，我突然想起刚才那个在电梯口跟我打招呼的男人，是我的老公，我盯着镜子，在我自己的印象里，我不是长这样啊？我努力想了想，他好像也不是长得像刚才楼道里那样啊？那个在电梯间跟我擦肩而过连招呼都没打的男人，居然是我的老公？我想笑，应该是吧，不然还有谁能看见我没擦掉眼屎的邋遢模样呢？

这是我和 W 先生结婚的第二年。人说一年是纸婚，两年是杨婚，三年是皮婚，四年是丝婚，五年是木婚，六年是铁婚，七年是铜婚……五十年是金婚。我记得我们决定结婚的那天晚上我躺在床上跟 W 念叨这些代名词儿，我没心没肺地说金婚还能理解，情比金坚，那其他这些分别是什么意思啊？我看就是婚姻牢笼坚固程度的递增显示图吧，越往后就越出不来了，最后只能安慰自己情比金坚。W 用手轻轻弹我的脑门，咧着大白牙伸着胳膊问我，那你愿不愿意钻进我这个牢笼啊？我说你滚，等第二年变成杨柳林，我就悄悄钻走一去不复返。

结果，一语成谶啊！

这才第二年，我就和 W 很少见面了。别误会，我们没有分居，我还是会和他睡在一张床上，只是我们很少见面了。谈恋爱时的阴差阳错总会遇见，结婚以后的阴差阳错变成了总会避开，这算不算是一种默契的巧合？我蹲在破碎的快递面前苦笑。他总是睡得很晚起得很早，或者睡得很早起得更早，我熬夜的时候他睡着了，他应酬的时候我睡着了，我们开始分不清哪天是周末，只是偶尔听到他说，××项目完成了！他欢呼雀跃，我陪着笑笑，因为我不知道除了笑之外，自己还能干些什么。

我真的记不得自己老公长什么样了，我得站起来找一张他的照片仔细端详一下。我走进卧室，抬起头，床头上除了一片白墙之外，什么都没有。

我颓丧地坐在床上，哦，我们还没来得及拍结婚照。

W 和我是异地恋，恋爱半年后他义无反顾来京找我，那时候我们住得远，依旧像是异地恋。他辗转找到工作，一切从头开始。后来有一次和他们同事聚会，W 喝多了，同事问他为了爱情真的值得赌上一切来到一个新的地方重新开始吗？他醉醺醺地说："这不是值不值得的问题，而是一个选择。异地恋，你不结束异地，那不是只剩分手了吗？"虽然不是什么肉麻的情话，那一刻说真的，我有点感动。原来温柔的应答是行动，而不是说爱啊爱啊之后还是无尽的等待。

再后来就同居了。婚前同居在大城市司空见惯，因为便捷，城市太大，住得稍微远一点的两个人就变成了异地恋，房租太贵了不如一起住吧，这样我们能够更快地熟悉和认识彼此。W 当年的房子快到期了，我们一起吃晚餐时他问我："要一起住吗？"我心里抖了一下，摇了摇头，说："我不知道。""你总是吃饭不规律，胃都弄出毛病来了，我们一起找个房子吧，你那条件也不太好，没阳光人都不精神，不如让我照顾你吧，你放心，我一定娶你。”

我不是没听说过女孩子跟别的男人婚前同居不好，但他温柔帅气，看着我时眼神笃定，甚至拿起杯子，说：“对不起我没有戒指，如果你愿意的话我们现在下楼买一对，你别嫌我不浪漫，我审美不如你，万一买得不合你意怎么办。”人生的小船就在他说这几句话时颠簸了一番，我们女生有时候要的东西很简单，不是花前月下而是一份踏实，“那行吧，找个离我公司近的！”“没问题，这样你可以多休息一会儿。”

如果从同居那天开始算起，那我“结婚”已经五年了。五年什么年来着？木年。我的天，一把火就烧个精光的那种年。

刚开始的一年我像个“公举”，每天早上可以多赖床一个小时。每天早上被 W 放在床头柜上的早餐香醒，有时候是豆浆包子，有时候是一个剥好的鸡蛋和玉米，我贪婪地闻着食物新鲜的味道牙也不刷就先吃一口，一个人蹦蹦跳跳起床做瑜伽，生活过得一片祥和。

从什么时候开始没有早饭吃了呢？好像是没坚持多久。他工作越来越忙，早出晚归就像打仗，我想自己也应该温柔体贴，于是换我早起一点为他准备早餐，但我公司离得近，准备好以后时间平白多出两个小时，我开始晨跑，跑完回家发现早餐还在桌上，人已不知去向。

唉，真辛苦啊，那个时候我想，没关系，都是为了以后的幸福生活！

可是，以后来了，以后变成了现在，变成了此刻我坐在床上努力回忆自己老公长什么样子的现在。

我打开手机，想翻翻照片，找到他的微信，点进头像看看朋友圈，里面分享的全是行业分析的公众号，我再往前翻翻，是他跟公司同事出游的照片，画面上他正在跳伞，赤着膀子露出肌肉，好多共同朋友的留言显示了，他们说真羡慕 ××× （我的名字），他们说感觉 ××× 很性福哦！他们说哎哟 ××× 日子滋润哦。我突然怒不可遏，你们知道个屁！我一把将手机朝床上扔了出去，没扔准，掉在地上，屏幕碎了，跟快递里的镜子一样。我哇的一声哭了起来，按着碎了一个角的屏幕给他发微信，为了显示我在哭，我故意发了一条带喘气儿的语音："我的手机碎了呜呜呜……"

没有回音。

十五分钟过去，屏幕亮了，我抓起手机，对话框里出现了橙色的转账条，圆形的双向箭头后备注着的字眼是："去买新的！"

我愣了一下，点击了收钱。又一个橙色长方形出现，圆形的双向箭头变成了一个对号，后面显示"已收钱"。

沉默的微信界面，我用手往上滑了一下，发现我们最近的对话除了工作，无。我突然想起几年前我们刚刚住在一起，下了班以后我在狭小的厨房切土豆，他在一边淘米，那个时候我们为了住的位置好一点，日子过得捉襟见肘，我嘟嘟囔囔说你每天一定要回家吃饭，女生太没有安全感了，得有人陪才行。他问我你们女人为什么这么没有安全感啊？我说因为青春易逝啊！他反驳我说难道男人就没有青春了吗？我说当然有！但如果够努力，青春的流逝伴随着财富的递增，越老越有魅力，可女人一旦惨遭中年抛弃，往往一无所有。W 先生皱着眉毛以一种匪夷所思的眼神看着我，然后问道："原来钱能带给你安全感啊？那以后买房只写你一个人的名字，我们的钱都存在你卡里！"我翻了个白眼："呵呵，那我就卷钱跑了。"他笑："到时候钱和我都在你手里，你没有要跑的理由啊。"

婚前我们在老家买了房，真的只写了我一个人的名字。W 先生很有把握，他说自己说的话，绝对不会食言的，因为他爱我信我尊重我，我说什么都可以。

那时候真甜啊，那怎么才不过两年，明知道快递一个人可能拿不上来的我，却不敢叫他陪我一起下楼去取了呢？可能连我自己都觉得是自己太矫情了吧，一定是的。我擦擦眼泪，对着空旷的房子说了一句"别演了，又不是拍电视剧，没人看的"，穿上鞋匆匆忙忙上班去了。

下班时下雨了，我跟同事一起出门，说好一块儿狂奔到地铁站看谁跑得快，我鞋都换好了，却在门口看到了她撑着伞的男朋友。同事满面霞飞转过来不好意思地朝我笑："真对不起 × 姐，我不知道他来了他没跟我打招呼……""说什么呢还不快去！"我也赶紧哈哈大笑，同事嗖一下钻进伞下消失了。我看着他们幸福的背影和使劲倾斜在她那一边的雨伞，心里只想暗自叮嘱她："小李啊，听姐的话，千万别同居啊，不到三十岁可别想不开去结婚啊……"不然就只能像姐一样，独自冲进雨里。

我的老公什么时候开始变得没有用了呢？我一边冲澡一边想。

他现在不愿意陪我去商场，更别提超市了。每次一进到那种温暖地放着音乐的密闭购物空间里，他就昏昏欲睡像一只泄了气的球。刚开始同居时我们每搬一次家就一起去宜家，我买一些零零碎碎便宜的盘子筷子他都在后面推个车耐心地等着，我问他："好不好看？"他说："不然还是用统一的颜色吧，花花绿绿你现在喜欢一会儿就看烦了，你信我，我了解你，你就是个喜新厌旧的小捣蛋！"我翻他个白眼自己偷偷地笑，然后我们其乐融融一起挤地铁辗转回家。后来我们再一起去的时候他开始边推车边把手臂搁在推车上看手机，我问他好不好看，他说好看好看你喜欢就行，然后继续看手机。我们打车回家，因为他在车上更加容易看手机。

哦，或许不是他要拼命看手机，而像他说的，是在用手机处理工作。谁知道呢，反正我们因为手机的事情也吵了不止一次两次了，后来干脆规定在一起吃饭的时候不能看手机，谁看就罚钱。起初坚持了一段时间，后来我发现吃饭时间大大缩短了，每次都风卷残云般也说不了几句话，干脆作罢，两个人一起边吃饭边看手机。

哎？那些曾经恋爱约会时的羞涩忐忑连手机声音都不开的日子，去哪儿了？

我想大概是我还不知道怎么当一个已婚妇女吧，毕竟我们没有举办结婚仪式。小时候的我看到别人结婚，一直幻想自己的婚礼该是怎样的，有种期待和害怕，因为所有的司仪似乎都太过煽情了，两个人就像耍猴戏一样在台上演给一些或许都不怎么认识的亲戚朋友看，好尴尬。每次我都在别人的婚礼上一边感动得泪流满面，一边想着如果是自己的话恐怕是要笑场了。坚决不办婚礼的念头渐渐在我心里根深蒂固，但那时候的我总觉得男方家里应该是不会同意的吧。

我就是一句若有似无的测试，对 W 说："不然咱们别办婚礼了吧，太麻烦了。"没想到被他坚决地贯彻落实了。我倒吸一口凉气，有些轻松，又有些失落，好像有一种"美梦成真"的怅然若失。W 属性太稳定了，这是温和的优点吧？结婚那天我把我俩的百年好合证件照丢了，吓得我不轻，心想完了，这可能不是一个好兆头，我该如何对兴高采烈准备下楼开车的 W 说我把照片弄丢了。我反复检查，确实丢了。于是颤颤巍巍地跟他说："那啥，领证用的照片我给丢了……"没想到 W 一点没生气，他摸着我的脑门说："丢了就丢了啊，我邮箱里有电子版，咱们再洗一张就行。"我瞪大眼睛问他："你不生气啊！"他笑眯眯地说："气什么啊，你没丢就行。"

洗澡水真暖啊，想到这儿我也笑了笑。浴室真有用啊，能在寒冷的天气里让你迅速暖和起来，但老公……好像渐渐地越来越没用了。因为现在他再也不陪我去宜家了，他说那地方太大了人太多了，每次买个东西都要一下午，你到底要买什么啊？上淘宝啊，有代购，多花点钱直接送到家里多方便啊。我洗完了澡，顺手也翻了翻自己的朋友圈，我看到一张曾经给他拍的照片，是夏日的傍晚我们一起从超市出来，我把自己买的毛茸茸的蝴蝶结发带绑在他的头上，他穿着跨栏背心，两手提着巨大的购物袋，一脸哀怨。我写道："哈哈，这就是男友的伟大作用。"

……

事实证明，曾几何时，他还是有用的。但现在还不如一个外卖小哥来得贴心，会主动问我需不需要把楼梯口的垃圾帮我带下去。我忙说不用了不用了，是碎掉的镜子怕划伤你。外卖小哥一脸憨实地说："没关系，我帮你带下去，记得给我五星好评。"

好的好的，我赶紧点点头。外卖还是热的，我坐在饭桌上盯着碎掉一角的手机屏幕所发出的微弱的光，你说人与人之间，是不是就是一场交易呢？外卖小哥帮我带垃圾，换我给他五星好评。你没时间陪我，换一条微信转账。算了算了，可能还是我自己太闲了，我摇摇头挥散这些乱七八糟的念头。

相爱总是简单，相处太难。

果然，今晚我又没有见到他。我睡了的时候他还没回来，我醒来的时候他在门口穿鞋准备走了。

"老公？"我叫了他一声。

"干啥？"

"没事。"

"哦，早上有会，着急，走了。"

……

几个简短的词语，几乎概括了我们一天全部的交流。我走进浴室看到依旧没有贴上去的镜子，嘘了一口气。在那一刻我开始发现，男人是有赏味期限的。我找出手机，打开一个已婚闺蜜群，搜索关键字，老公。发现后面跟着的是"我老公没时间""我老公太忙""我老公气死我了"，再搜索关键字，一个人。"我一个人指挥工人把书柜扛回了家""我一个人等着工人来修水管""我一个人接孩子上下学”……

啊，已婚妇女的世界原来只有两个字，寂寞。好像所有的男人都一样，过了几年就突然觉得自己身边的小女孩应该成长成一个女强人了，她们不再需要你“大献殷勤”，约会太无聊了，吃饭也没意思，你关心的东西我根本不在意，也终于不用再假装能看出来哪个色号的口红在你嘴上最好看，如果你说孤单，那你就是放荡。

倒吸一口凉气，世界太残酷了，已婚妇女或者恋爱稳定的女人，就不配再有少女心了吗？

曾经会甜言蜜语自信阳光又温柔体贴的 W，怎么好像一转眼就变成了一个不懂风情也毫无作用的男人？

我这一天班儿都上得浑浑噩噩，拖延症爆发的我慢悠悠地一直到十点才处理完工作，回到家十一点了，灯黑着，我想 W 应该还在加班吧。打开浴室的灯，突然发现墙上的镜子已经装好了，蹑手蹑脚走进卧室，果然，W 睡着了。我扭开台灯，发现他留了一张字条。

“老婆，镜子我装好了，对不起刚想起来那天你是拿镜子上楼，×× 项目提案过了，明天休息，我陪你去超市偷吃试吃零食好不好？”

……

我说自己减肥的宗旨是拒绝一切零食，但如果别人买给我我就吃，所以你千万不要给我买任何零食，不然我会恨你的！于是我和 W 走进超市，他都会撺掇我去吃试吃，“这不算别人买给你的也不是你自己买回来的，没有负罪感，吃吧！”“吃就吃啊谁怕谁！”“你还真吃啊你要不要脸……” “我不要！！”

我笑了。站在镜子前，我仿佛看到了曾经的我们。那时，我跟他闹脾气嫌他现在不陪我了，气得自己只开一盏小小的台灯在桌子前连夜加班，他突然把头放在我的桌面儿上，喃喃地说：“亲爱的女士，这里有一枚猪头请求你的原谅……”

是啊，我似乎也没有陪过他，他喜欢的电子，喜欢的运动，我都太懒了横在家里让他一个人去，跟同事团建要带我去跳伞我也拒绝了。看着他贴得歪歪扭扭的镜子，我突然释怀，老公本来就不是拿来用的啊，是用来爱的，百无一用或许就是他最大的用处吧。

就算恋爱稳定或者结了婚，仅仅是代表你们两个人决心互相住在对方心里，而不是永远跟在对方身边啊。或许我应该学会的第一课是孤独，但拥有了爱人之后就不再孤单吧。

周末的超市多了一对年轻夫妇。他踩着推车滑着往前走，我笑他幼稚，他追问我为什么还没去换手机屏幕。我说你打的那点钱不够换屏幕的，我要直接换手机！他说好好好，换换换，他说你等着，这个项目结束了咱们就去拍婚纱照，你说去哪儿就去哪儿！

哦，或许只有庸俗地把照片挂在卧室里，我就再也不会忘记你的样子了吧。稳定的恋爱像湍急瀑布之后的溪水潺潺，有时候因为太过缓慢而误以为自己被定在原地无法动弹，其实两岸都是美景，是你闭上了善于发现的眼睛，回头看看，瀑布还在，水流继续，打败爱情的或许不是细节，而是永远十全十美的幻觉。

Hey，像歌里唱的："你不要失望，荡气回肠是为了最美的平凡。"呃，反正是为了平凡，但美不美，你得自己往镜子里面多看看。

百无一用是爱情，我永远歌颂它。

– 全书完 –

喜欢你是我做过最好的事

产品经理 | 张　幸　　装帧设计 | 向典雄
技术编辑 | 白咏明　　责任印制 | 刘世乐
监　　制 | 何　娜　　出 品 人 | 王　誉

图书在版编目（CIP）数据

喜欢你是我做过最好的事 / 咸贵人著 .-- 南京 :
江苏凤凰文艺出版社 ,2021.2
ISBN 978-7-5594-4497-4

Ⅰ . ①喜… Ⅱ . ①咸… Ⅲ . ①短篇小说—小说集—中
国—当代Ⅳ . ① I247.7

中国版本图书馆 CIP 数据核字（2020）第 237562 号

喜欢你是我做过最好的事

咸贵人 著

出 版 人	张在健
责任编辑	王 青
特约编辑	张 幸
装帧设计	向典雄
出版发行	江苏凤凰文艺出版社
	南京市中央路 165 号，邮编：210009
网 址	http://www.jswenyi.com
印 刷	北京市十月印刷有限公司
开 本	880 毫米 ×1230 毫米 1/32
印 张	7
字 数	140 千字
版 次	2021 年 2 月第 1 版
印 次	2021 年 2 月第 1 次印刷
书 号	ISBN 978-7-5594-4497-4
定 价	45.00 元
